I0830773

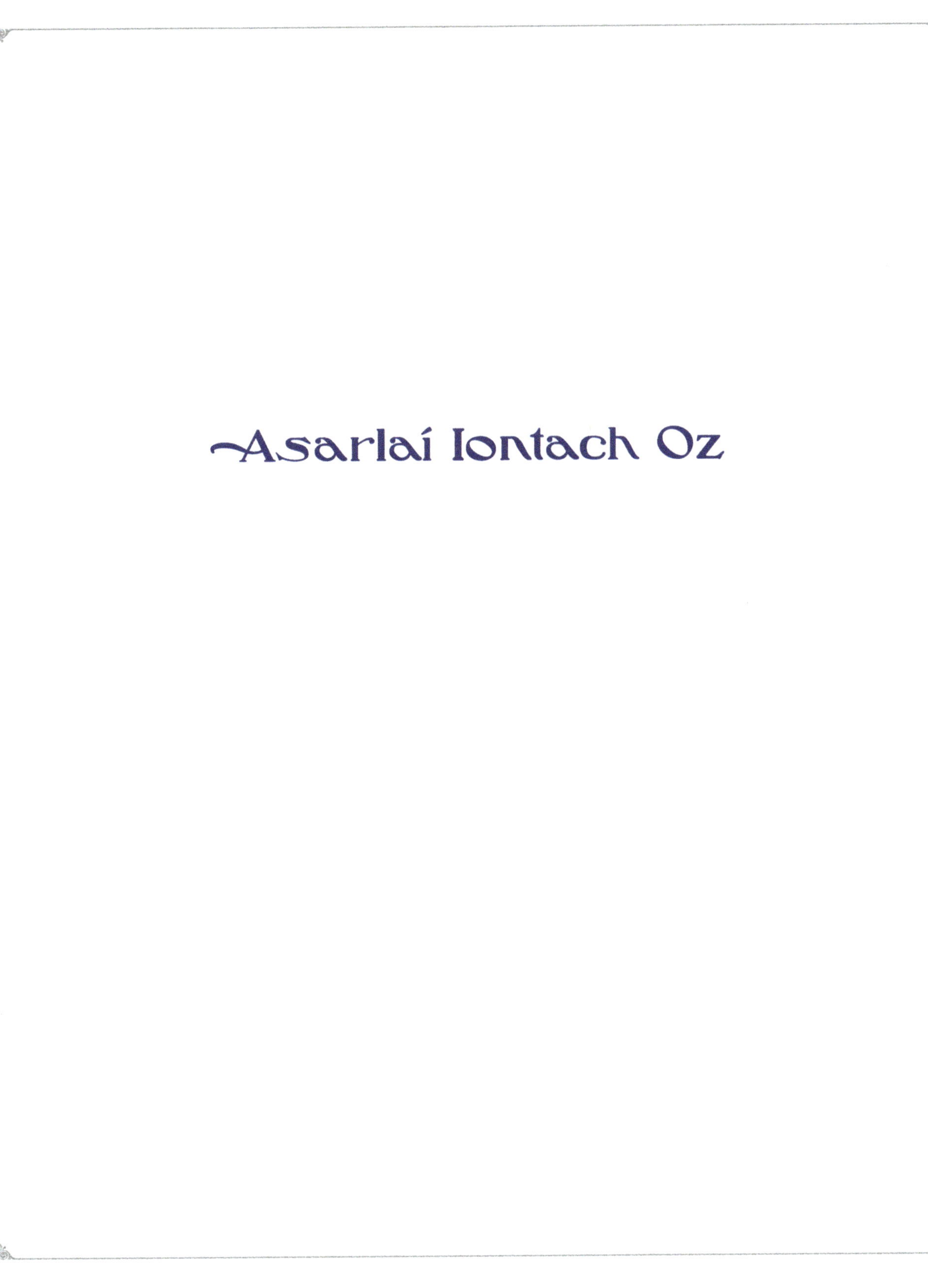

# Asarlaí Iontach Oz

Also available from Evertype

Pystrior Marthys Pow Òz
(in Cornish)

The Wonderful Wizard of Oz
(in English)

La Mirinda Sorĉisto de Oz
(in Esperanto)

Ke Kāula Kamahaʻo o ʻOza
(in Hawaiian)

La Marveloza Sorcisto di Oz
(in Ido)

The Winnerfu Warlock o Oz
(in Scots)

evertype

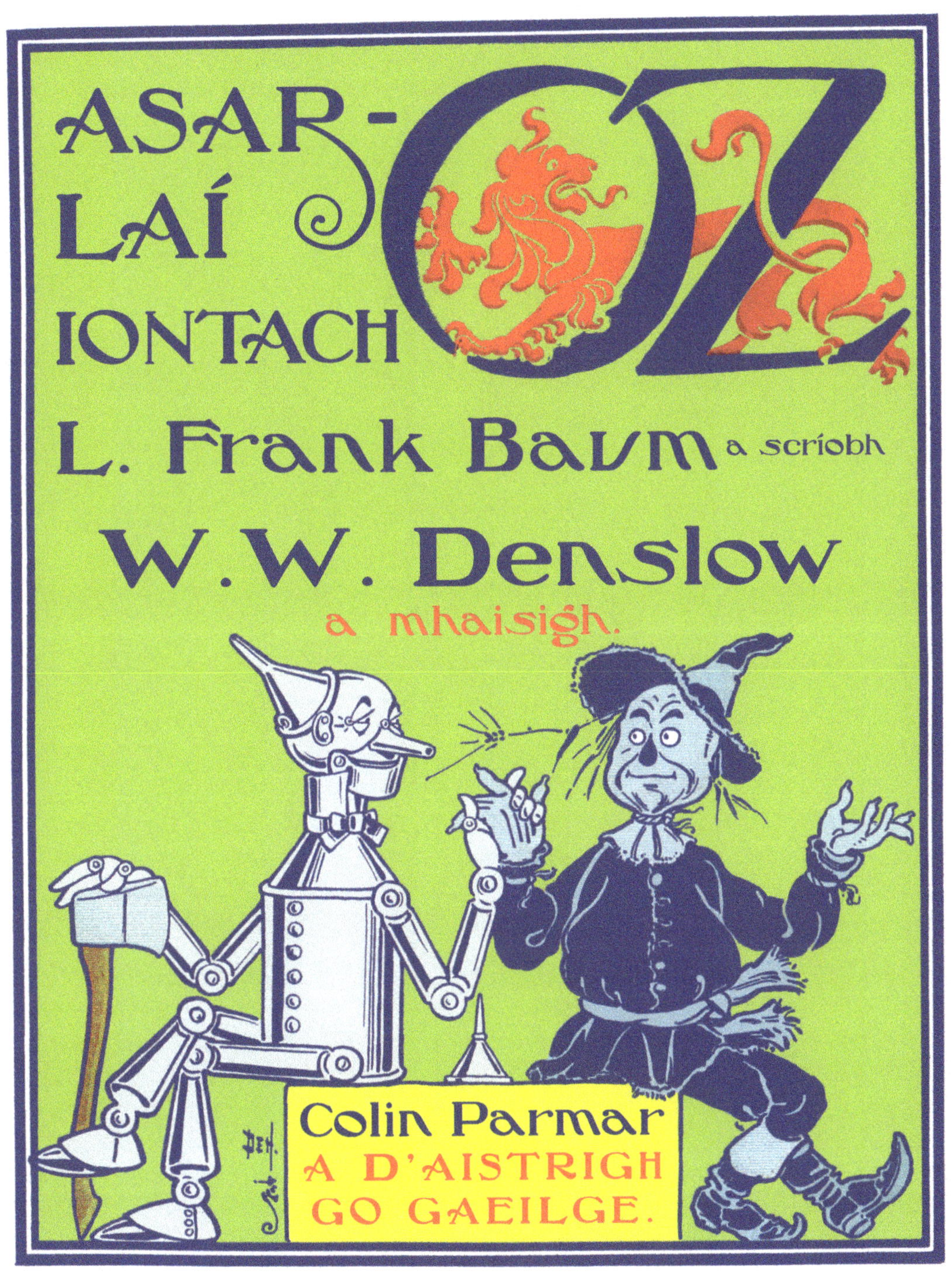


EVERTYPE 2018

Arna fhoilsiú ag/*Published by* Evertype, 19A Corso Street, Dundee, DD2 1DR, Alba/*Scotland*. evertype.com.

Bunteideal/*Original title: The Wonderful Wizard of Oz*, 1900. Aistriúchán Gaeilge/*Irish translation* © 2018 Colin Parmar & Michael Everson. An chéad eagrán Aibreán 2018/*First edition April 2018*. Arna athphriontáil le ceartúcháin Meitheamh 2019/*Reprinted with corrections June 2019*.



Tá taifead catalóige don leabhar seo le fáil ó Leabharlann na Breataine. *A catalogue record for this book is available from the British Library.*

ISBN-10 1-78201-204-4
ISBN-13 978-1-78201-204-7

Dearadh agus clóchur/*Design and typesetting*: Michael Everson. *Fonts*: Coldstyle & Denslow na clónna.
Clúdach/*Cover*: Michael Everson.
Maisiúcháin/*Illustrations*: W. W. Denslow, 1900.

# RÉAMHRÁ.

Leanann an béaloideas, an finscéal, an miotas agus an síscéal riamh an leanbaíocht, nó is breá le gach páiste sláintiúil scéalta fantaiseacha éachtacha atá neamhréadach go follasach, agus más ea is folláin instinneach an rud é. Is mó an gliondar a chuir síofróga eiteacha de chuid Grimm agus Andersen ar chroí na leanaí ná gach rud eile dá chruthaigh an duine daonna.

Mar sin féin, i ndiaidh dóibh fónamh dúinn leis na cianta, d'fhéadfaí síscéal an tseanama a rangú mar "leabhair staire" i leabharlann na bpáistí; nó is mithid sraith "scéalta éachtacha" níos nuaí a bheith againn ina bhfaightear réidh le buanchruth na ginide, an abhaic agus na síofróige, chomh maith leis na heachtraí coscracha creathnacha go léir dá bheartaigh na húdair chun teagasc scáfar a chur i gcion i ngach scéal. Cuimsíonn oideachas an lae inniu an mhoráltacht; mar sin níl tóir ag páiste an lae inniu, ag léamh na scéalta éachtacha dó, ach ar shiamsaíocht, agus ní miste leis teacht in éagmais gach uile eachtra mhíthaitneamhaigh.

Agus an smaoineamh seo á choinneáil i gcuimhne dom, chum mé scéal "Asarlaí Iontach Oz" le sult agus sásamh amháin a thabhairt do pháistí an lae inniu. Bhí de chuspóir agam síscéal nua-aimseartha a scríobh, a bhfuil an t-iontas agus an lúcháir ann i gcónaí agus an crá croí agus na trom-luithe fágtha ar lár.

L. FRANK BAUM

CHICAGO, AIBREÁN 1900

Tiomnaím an leabhar seo do
chara cléibh agus comrádaí,
mo Bhean Chéile.
L.F.B.

# CLÁR NA gCAIBIDLÍ.

Caibidil I.
An Cuaranſa.

# Díreach

### I LÁR FHÉARTHAILTE MÓRA

Khansas a bhí cónaí ar Dhorataí, in éindí lena hUncail Anraí, a bhí ina fheirmeoir, agus lena hAintín Eim, ar bhean an fheirmeora di. Teachín beag a bhí acu, nó bhí adhmad a thógála le hiompar na mílte fada ar vaigín. Bhí ceithre fraitheacha, urlár agus díon ann, agus b'shin seomra amháin; agus sa tseomra seo bhí sorn cistine cineál meirgeach, cupard le haghaidh na soithí, bord, a trí nó a ceathair de chathaoireacha agus na leapacha. Bhí leaba mhór ag Uncail Anraí agus Aintín Eim i gcúinne amháin, agus bhí leaba bheag ag Dorataí i gcúinne eile. Áiléar ná siléar ní raibh ann — ach amháin poll beag tochailte sa talamh, ar tugadh siléar cuaranfa air, mar ar fhéadfadh an teaghlach dul faoi dhíon dá dtiocfadh sé ina leithéid de chuaifeach mór atá neartmhar go leor chun foirgneamh ar bith dá bhfaigheadh sé ina bhealach a threascairt. Bhí comhla thógála i lár an urláir agus dréimire ag dul síos uaithi chuig an tochaltán cúng dubh.

Ina seasamh sa doras agus súil á chaitheamh thart ina timpeall do Dhorataí, ní fheiceadh sí ach féarthailte fairsinge fódliatha ar gach taobh. Crann ná teach níor bhris an réimse róleathan réitigh a chuaigh go bun na spéire sna ceithre hairde fichead. Bhí an branar bácáilte ina chosair easair spadliath ag an ngrian, agus scoilteáin bheaga tríd. Níor ghlas an féar féin, nó bhí barr na dtráithníní fada loiscthe ag an ngrian go dtí go raibh an dath liath céanna orthu agus a bhí le feiceáil i ngach áit eile. Péinteáladh an teach, lá, ach chlog an ghrian an phéint agus scuab an fhearthainn léi í, agus anois bhí an teach chomh murtallach marbhliath le gach rud eile.

Nuair a tháinig Aintín Eim le cur fúithi ansin, bhí sí ina bruinneall óg mná céile. D'athraigh idir ghrian agus ghaoth ise chomh maith. Bhain siad an spréacharnach dá súile agus d'fhág siad liath neamhlonrach iad; bhain siad an luisne dá gruanna is an dearg dá beola, agus iadsan liath anois freisin. Bhí sí caol cnámhach, agus ní thagadh fáthadh an gháire ar a béal feasta. Nuair a tháinig Dorataí chuici ar dtús, agus í ina dílleachta, bhaineadh gáire an linbh a oiread geite aisti nó go ligeadh sí scread agus theannadh sí a bos lena hucht gach uair dá dtagadh glór gealgháireach Dhorataí a fhad lena dhá cluais; agus d'amharcadh sí ar an ngirseach i gcónaí ag déanamh iontais de go raibh ábhar gáire ar bith le fáil aici.

Ní gháireadh Uncail Anraí riamh uile. Bhíodh sé ag obair go dian ó dhubh go dubh agus ní raibh aithne ná eolas aige ar an aoibhneas. Ba liath eisean fosta, óna fhéasóg fhada go dtí a bhróga garbha, agus dreach dian dáiríre air, agus b'annamh má deireadh sé focal.

Ba é Tótó a bhaineadh gáire as Dorataí, agus b'eisean a shábháil í ar éirí chomh liath le gach rud eile thart timpeall uirthi. Níor liath a bhí Tótó; madra beag dubh ab ea é, agus fionnadh fada síodúil air agus súile beaga dubha ag drithliú go meidhreach ar an dá thaobh dá ghaosán beag greannmhar. Bhíodh Tótó ag súgradh an lá ar fad agus bhíodh Dorataí ag súgradh leis agus b'ionúin go mór léi é.

An lá seo, áfach, ní raibh siad ag súgradh. Bhí Uncail Anraí ina shuí ar leac an dorais agus é ag scrúdú na spéire go mí-shuaimhneach, ar léithe fós í thar mar ba ghnách léi. Bhí Dorataí ina seasamh sa doras agus Tótó ar a baclainn aici. D'amharc sise ar an spéir freisin. Bhí Aintín Eim ag ní na soithí.

Chuala siad olagón íseal na gaoithe de chéin aduaidh agus chonaic Uncail Anraí agus Dorataí an féar fada ag lúbadh is ag luascadh ar nós na dtonnta roimh an doineann a bhí a tholgadh. Anois tháinig fead ghéar san aer aneas, agus ag tabhairt a n-aghaidh an treo sin dóibh chonaic siad lonnadh ag teacht san fhéar as an aird sin freisin.

D'éirigh Uncail Anraí ina sheasamh i dtoibinne.

"Tá cuaranfa ag teacht, a Eim," a ghlaoigh sé ar a bhean. "Rachaidh mé i bhfeighil na mbeithíoch." Ansin rith sé ionsar an mbothán mar a raibh na ba agus na capaill.

Lig Aintín Eim a cuid oibre di agus tháinig sí chuig an doras. Ba léir di d'aonamharc an chontúirt a bhí ann in aice láithreach.

"Rith, a Dhorataí!" a scréach sí. "Síos sa tsiléar leat go gasta!"

Léim Tótó as lámha Dhorataí agus chuaigh i bhfolach faoin leaba, agus phreab an ghirseach ar a thóir. Tháinig scaoll faoi Aintín Eim agus leath sí an chomhla thógála ar an urlár agus síos an dréimire léi sa tochaltán cúng dubh. Rug Dorataí ar Thótó faoi dheireadh agus thosaigh sí sna sála ag a haintín. Nuair a bhí sí leath bealaigh go dtí an chomhla thógála, lig an ghaoth sian mhór, agus chroith an teach chomh dian sin nó gur cuireadh dá boinn í agus ligeadh ina suí go grod ar an urlár í.

Tharla rud aisteach ansin.

Rothlaigh an teach a dó nó a trí d'uaireanta agus d'éirigh sé go fadálach sa spéir. Samhlaíodh do Dhorataí mar a bheadh sí ag dul suas i mbalún.

*Rug sí greim cluaise ar Thótó.*

Bhí comhrac na gaoithe aduaidh agus na gaoithe aneas san áit a raibh an teach, agus is ionann é sin agus a rá go raibh sé i gceartlár an chuaranfa. Bíonn an t-aer socair i lár cuaranfa de ghnáth, ach de dheasca bhrú ollmhór na gaoithe ar gach taobh, ardaíodh an teach suas san aer go dtí go raibh sé ar fhíorbharr an chuaranfa; agus d'fhan sé ansin agus iompraíodh na mílte móra i gcéin é, chomh héasca agus a d'iomprófá cleite.

Bhí sé dubh dorcha, agus an ghaoth ag búireach go millteanach ina timpeall, ach d'aithin Dorataí go raibh sí ag imeacht go réidh. Ach amháin na chéad fhiodrincí, agus uair eile ar claonadh an teach go mór, samhlaíodh di mar a bheadh sí á luascadh go réidh, fearacht babaí i gcliabhán.

Níor thaitin sé le Tótó. Bhí sé ag rith thart sa tseomra, anonn is anall, agus é ag tafann in ard a ghutha; ach d'fhan Dorataí ina suí go socair suaimhneach ar an urlár go bhfeiceadh sí céard a tharlódh.

Uair amháin chuaigh Tótó róchóngarach don chomhla thógála oscailte, agus thit isteach; agus shíl an ghirseach ar dtús go raibh sé caillte aici. Ach roimh i bhfad chonaic sí a leathchluas ag gobadh aníos as an bpoll, nó bhí brú mór an aeir á choinneáil suas ar mhodh is nárbh fhéidir dó titim. Shnámh sí a fhad leis an bpoll, rug greim cluaise ar Thótó agus tharraing isteach sa tseomra arís é, ina dhiaidh sin dhún sí an chomhla thógála i dtreo nach dtarlódh míthapa ar bith eile.

Chuaigh uair i ndiaidh na huaire thart, agus d'imigh an eagla de Dhorataí de réir a chéile; ach bhí cumha an domhain uirthi, agus bhí an ghaoth ag sianaíl chomh hard sin thart timpeall uirthi gur bheag nár bodhraíodh í. Ní raibh a fhios aici ar dtús an ndéanfaí smidiríní di nuair a thitfeadh an teach arís; ach de réir mar a chuaigh na huaireanta thart gan rud ar bith uafásach ag titim amach, chuir sí an imní di agus chinn sí go bhfanfadh go stuama staidéarach le feiceáil céard a bhí i ndán di. Faoi dheireadh chuaigh sí ar a ceithre boinn trasna an urláir longadánaigh anonn go dtí a leaba, agus luigh sí síos uirthi; agus rinne Tótó mar an gcéanna agus luigh sé síos lena hais.

In ainneoin longadán an tí agus ochlán na gaoithe, ba ghearr gur dhún Dorataí a súile agus thit sí ina cnap codlata.

# Caibidil II.
# Comhairle
## na Muinscineach.

**Sé** AN RUD A MHÚSCAIL Í NÁ tuairt, chomh tobann tolgach sin go ngortófaí Dorataí, murach go raibh sí ina luí ar an leaba bhog. Mar sin féin, bhain an croitheadh an anáil di agus ní raibh a fhios aici céard a tharla; agus bhrúigh Tótó a shoc beag fuar lena haghaidh agus é ag geonaíl go dobrónach. D'éirigh Dorataí aniar ina suí agus thug sí faoi deara nach raibh an teach ag corraí; agus ní raibh sé dorcha ach oiread, nó bhí an ghrian gheal ag teacht isteach an fhuinneog, ag bá an tseomra bhig i solas. Léim sí amach as an leaba; rith sí, agus Tótó sna sáile aici, chun an doras a oscailt.

Lig an ghirseach gíog iontais agus d'amharc sí thart ina timpeall, agus í ag baint lán a dhá súl as na radhairc éachtacha a bhí os a coinne.

Bhí an teach curtha anuas ag an gcuaranfa go bog réidh—mar le cuaranfa—i lár tíre aoibhne áille. Bhí leadhbanna gleoite léana ar fud na háite, agus crainn mhaorga mhaisiúla faoi thorthaí sóúla so-bhlasta súmhara. Bhí bláthanna beoga buacacha ina bpoirt ar gach taobh, agus éin eiteacha ildaite ag ceiliúradh is ag cleitearnach sna crainn is sna craobhacha. Achar gearr ó láthair bhí sruthán beag ag rith is ag drithliú leis idir bhruacha glasa agus é ag crónán de ghlór a bhí an-sólásach do chailín beag a raibh a oiread sin ama caite aice ar na féarthailte tirime liatha.

D'fhan sí ina seasamh ag baint lán a súl as na hamhairc aite áille, agus thug sí faoi deara go raibh dream daoine ann agus bhí siad ar na daoine is aistí dá bhfaca sí riamh agus iad ag teacht ina haraicis. Ní raibh siad chomh mór leis na daoine fásta a raibh sí cleachta leo riamh; ach ní raibh siad beag ach oiread. Is amhlaidh a bhí siad ar comh-airde le Dorataí, de réir dealraimh, agus ise suas go maith ina haois mar pháiste; ach má bhí féin, bhí an cuma orthu go raibh na blianta fada acu uirthi.

Triúr fear agus bean amháin ab ea iad, agus gach duine acu gléasta go haisteach. Bhí hata cruinn orthu agus gob beag air troigh in airde thar mhullach a gcinn, agus ceoláin bheaga timpeall ar a dhuilleog a chlingeadh go binn nuair a chorraídís. Hata gorm a bhí ar na fir agus hata bán ar an gcleiteachán mná. Bhí gúna bán uirthi ar sileadh i bpléataí anuas óna guaillí agus croitheadh réiltíní beaga air ar glioscarnach sa ghrian mar a bheadh diamaint iontu. Bhí na fir faoi éadach gorm, ar aon dath lena hata, bhí bróga arda orthu agus iad breá snasta agus corna leathan gorm ag a mbarr. Bhí na fir, dar le Dorataí, ar comhaois le hUncail Anraí, nó bhí féasóg ar bheirt acu. Ach bhí an bhunbhean i bhfad níos sine gan dabht. Bhí a haghaidh ar bharr amháin roc, bhí a ceann beagnach liath agus shiúladh sí go stromptha.

Nuair a dhruid na daoine seo leis an teach mar a raibh Dorataí ina seasamh sa doras, stad siad agus chrom siad ar chogarnach eatarthu, mar a bheadh eagla orthu roimh theacht ar aghaidh. Ach shiúil an tseanbhean bhídeach caol díreach chuig Dorataí, d'umhlaigh go talamh roimpi, agus dúirt sí de ghlór binn:

"Céad míle fáilte romhat, a Bhandraoi mhóruasail, go tír na Muinscineach. Táimid buíoch beannachtach díot as Droch-Chailleach an Oirthir a mharú, agus as ár muintir a scaoileadh as an mbraighdeanas."

D'éist Dorataí leis an óráid seo faoi iontas. Cad é faoin spéir a bhí i gceist ag an mbean bheag agus í ag tabhairt bandraoi uirthi agus ag cur bhás Dhroch-Chailleach an Oirthir ina leith? Girseach shoineanta neamhurchóideach ab ea Dorataí, agus níor mharaigh sí rud ar bith riamh ina saol.

Ach ba léir go raibh dréim ag an seanbhean

bheag le freagra éigin uaithi; dá bhrí sin dúirt Dorataí go héideimhin:

"Is cineálta carthanach cóir an mhaise duit, ach caithfidh go bhfuil dul amú éigin ann. Níor mharaigh mé rud ar bith."

"Do theachsa a mharaigh, cibé ar bith," arsa an tseanbhean bhídeach agus í ag gáire, "agus nach ionann an cás é? Breathnaigh!" ar sise agus í ag síniú a méir i dtreo choirnéal an tí. "Sin iad a dhá cois ag gobadh amach go fóill faoi bhloc adhmaid."

D'amharc Dorataí, agus lig sí uspóg scéine. Agus, leoga, ansin faoi choirnéal na saile móire a bhí mar bhunsraith an tí bhí dhá chois ag gobadh amach, agus bróga bioracha airgid orthu.

"A thiarcais ó!" ar Dorataí de ghlao, ag fáscadh a lámh le hanbhá. "Caithfidh gur thit an teach uirthi. Cad faoin spéir a dhéanfaimid?"

"Níl tada le déanamh," arsa an bhean bheag go socair.

"Ach cé hí féin?" a d'fhiafraigh Dorataí.

"Droch-Chailleach an Oirthir ab ea í, mar a dúirt mé,"

*"Is mise Cailleach an Tuaiscirt."*

arsa an bhunbhean mar fhreagra. "Bhí na Muinscinigh go léir curtha i ndaoirse aici leis na blianta fada agus thugadh sí orthu sclábhaíocht a dhéanamh di d'oíche is de ló. Anois tá siad uilig scaoilte saor agus tá siad buíoch díot as an ngar a rinne tú."

"Cé hiad na Muinscinigh?" a d'fhiafraigh Dorataí.

"An pobal a chónaíonn sa tír Thoir seo is ea iad, áit a rialaíodh an Droch-Chailleach."

"An Muinscineach thusa?" arsa Dorataí.

"Ní hea, ach is cara dóibh mé, cé go bhfuil mé i mo chónaí sa tír Thuaidh. Nuair a chonaic siad go raibh Droch-Chailleach an Oirthir marbh, chuir na Muinscinigh teachtaire luathchosach faoi mo choinne, agus tháinig mé gan mhoill. Is mise Cailleach an Tuaiscirt."

"Ó, a mhuiricín!" arsa Dorataí de ghlao. "An cailleach fhíor thú?"

"Is ea, muise," arsa an lubhóigín mná. "Ach deachailleach is ea mise agus tá cion ag an bpobal orm. Níl mé chomh cumhachtach is a bhí an Droch-Chailleach a raibh an áit seo faoi smacht aici, nó dá mbeadh scaoilfinn féin an pobal."

"Ach shíl mise gur mallaithe mioscaiseacha na cailleacha go léir," arsa an cailín, a raibh cineál d'eagla uirthi roimh chailleach fhíor a bheith os coinne a dhá súl.

"Och, ní hea, muise, níl sin ceart ar chor ar bith. Ní raibh ach ceathrar cailleach i dTír Oz ar fad, agus deachailleacha is ea beirt acu siúd, mar atá, iad siúd a chónaíonn sa Tuaisceart agus sa Deisceart. Agam féin is fearr a fhios sin nó is bean acu mé féin agus ní féidir go bhfuil dul amú orm faoi. Iad siúd a raibh cónaí orthu san Oirthear agus san Iarthar, ba droch-chailleacha iad, ceart go leor; ach anois ó mharaigh tú bean acu, níl ach Droch-Chailleach amháin i dTír Oz ar fad—í siúd a chónaíonn san Iarthar."

"Ach," arsa Dorataí, i ndiaidh di tamaillín mach-naimh a dhéanamh, "dúirt m'Aintín Eim liom go ndeach-aigh na cailleacha feasa in éag—na blianta fada ó shin."

"Cé hí an Aintín Eim seo?" a d'fhiafraigh an tsean-bhean bheag.

"Is í m'aintín í atá ina cónaí i gKansas, tír mo dhúchais."

Chrom Cailleach an Tuaiscirt a ceann agus d'amharc sí ar an talamh ar feadh tamaill mar a bheadh sí ag déan-amh a marana. Ansin d'ardaigh sí a súile agus dúirt sí:

"Níl a fhios agam cá bhfuil Kansas, nó níor chuala mé trácht riamh ar an tír sin. Ach inis dom, an tír shibhialta í?"

"Ó, is ea go deimhin," a dúirt Dorataí.

"Sin an fáth, más ea. Sílim nach bhfuil cailleach feasa ar bith fágtha sna tíortha sibhialta, ná asarlaí nó cailleach phiseogach nó draíodóir ar bith ach oiread. Ach níor tugadh Tír Oz chun sibhialtachta riamh, an dtuigeann tú, nó táimid scartha ón domhan mór. Mar sin de, tá cailleacha feasa agus asarlaithe inár measc go fóill."

"Cé hiad na hAsarlaithe?" a d'fhiafraigh Dorataí.

"Is é Oz féin an tAsarlaí Mór," arsa an Dea-Chaill-each, a guth ag ísliú go cogar. "Is cumhachtaí seisean ná an chuid eile againn le chéile. I gCathair na Smaragaidí atá cónaí air."

Bhí Dorataí ar tí ceist eile a chur, ach díreach ansin chuir na Muinscinigh, a bhí ina seasamh go ciúin i leataobh go dtí sin, chuir siad liú astu agus shínigh siad méar i dtreo choirnéal an tí mar a raibh an Droch-Chailleach ina luí roimhe sin.

"Cad é atá ann?" arsa an tseanbhean bheag. Thug sí súil agus lig sí gáire. Ní raibh rian le feiceáil níos mó de chosa na Caillí mairbhe. Ní raibh fágtha ach na bróga airgid.

"Bhí sí chomh haosta sin," a mhínigh Cailleach an Tuaiscirt, "nó gur shearg sí go gasta sa ghrian. Sin deireadh léi. Ach is leatsa na bróga airgid agus beidh siad agat le 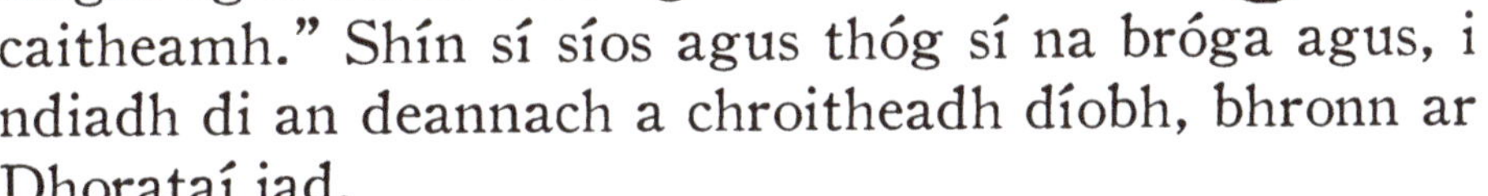 caitheamh." Shín sí síos agus thóg sí na bróga agus, i ndiaidh di an deannach a chroitheadh díobh, bhronn ar Dhorataí iad.

"Bhí Cailleach an Oirthir bródúil as na bróga airgid sin," arsa duine de na Muinscinigh, "agus tá ortha éigin ag baint leo; ach ní raibh a fhios againn riamh cén ortha atá i gceist."

Rug Dorataí ar na bróga agus isteach sa teach léi chun iad a chur ar an mbord. D'fhill sí amach ansin chuig na Muinscinigh agus dúirt sí:

"Tá fonn mór orm dul ar ais chuig m'aintín agus m'uncail, nó tá mé cinnte go bhfuil imní orthu i mo dhiaidh. An dtabharfadh sibh eolas an bhealaigh dom?"

D'amharc na Muinscinigh agus an Chailleach ar a chéile agus ansin d'amharc siad ar Dhorataí agus chroith siad a gceann.

"San Oirthear, ní i bhfad uainn," arsa duine acu, "tá fásach mór, agus ní féidir d'éinne dul thairis agus teacht slán as."

"Tá sé mar an gcéanna sa Deisceart," a dúirt fear eile, "nó bhí mé ann agus chonaic mé é. Is é an Deisceart tír na gCuadlaíneach."

"Chuala mé," a dúirt an tríú fear, "go bhfuil sé mar an gcéanna san Iarthar. Agus tá an tír sin, mar a gcónaíonn na Buincígh, faoi smacht ag Droch-Chailleach an Iarthair, a chuirfeadh i ndaoirse thú dá rachfá an bealach sin."

"Is é an Tuaisceart mo dhúchas féin," arsa an tseanbhean, "agus ina himeall tá an fásach mór céanna atá ar gach taobh de Thír Oz. Is eagal liom, a stór, go mbeidh ort cur fút in éindí linne."

Bhris a gol ar Dhorataí leis sin, nó bhí cumha uirthi i measc na ndaoine aisteacha seo uilig. Ba léir gur chuir a deora brón ar na Muinscinigh cineálta, nó tharraing siad amach a gciarsúr ar áit na mbonn agus thosaigh siadsan ag gol freisin. Maidir leis an seanbhean bheag, bhain sí a hata dá ceann agus chuir sí ina sheasamh é lena bhior ar bharr a sróine, agus thosaigh sí ag cuntas, "A haon, a

dó, a trí," de ghuth sollúnta. I bhfaiteadh na súl rinneadh scláta den hata, agus na focail seo a leanas scríofa air le cailc bhán i litreacha móra:

"TÉADH DORATAÍ GO CATHAIR NA SMARAGAIDÍ."

Bhain an tseanbhean bheag an scláta anuas dá srón agus, i ndiaidh di na focail air a léamh, d'fhiafraigh sí:

"An é Dorataí an t-ainm atá ort, a stór?"

"Is é," arsa an páiste agus í ag ardú a súl agus ag triomú a deor.

"Mar sin de caithfidh tú dul go Cathair na Smaragaidí. B'fhéidir go gcuideoidh Oz leat."

"Agus cá bhfuil an chathair seo?" arsa Dorataí.

"Tá sí díreach i gceartlár na tíre, agus í faoi riail Oz, an tAsarlaí Mór ar inis mé faoi duit."

"An fear maith é?" a d'fhiafraigh an cailín go himníoch.

"Is Asarlaí maith é. Ní thig liom a rá an amhlaidh gur fear é nó nach ea, nó ní fhaca mé riamh é."

"Conas a rachaidh mé ann?" arsa Dorataí.

"Caithfidh tú siúl de chois. Is fada an t-aistear é, trí thír a bhíonn seal soirbh aoibhinn seal doirbh uafásach. Oibreoidh mé na healaíona draíochta go léir dá bhfuil ar eolas agam, áfach, chun tú a choinneáil ó bhaol."

"Nach dtiocfaidh tú liom?" a dúirt an cailín go himpíoch, mar samhlaíodh di nach raibh cara ar domhan aici ach an tseanbhean bheag seo.

"Ní thiocfaidh," ar sise mar fhreagra, "ach tabharfaidh mé mo phóg duit, agus ní leomhfadh duine ar bith dochar a dhéanamh do dhuine ar phóg Cailleach an Tuaiscirt é."

Chuaigh sí suas le Dorataí agus thug sí póg bhog ar a héadan. San áit ar thadhaill a béal an cailín d'fhág sé comhartha lonrach cruinn, mar a fuair Dorataí amach go gearr ina dhiaidh sin.

"Tá an bóthar go Cathair na Smaragaidí pábháilte le brící buí," arsa an Chailleach, "ní féidir duit gan é a fheiceáil. Nuair a bheidh tú i bhfianaise Oz, ná bíodh eagla ort roimhe, ach inis dó do scéal agus iarr cuidiú air. Slán leat, a stór."

D'umhlaigh an triúr Muinscineach go talamh di agus dúirt siad "Go n-éirí an bóthar leat!", ansin dhealaigh siad leo tríd na crainn. Bheannaigh an Chailleach go cairdiúil do Dhorataí le sméideadh beag cinn agus ansin rinne sí fiodrince faoi thrí ar sháil a coise clé agus cheiliúir sí in áit na mbonn, rud a chuir ionadh an domhain ar Thótó beag agus chrom sé ar thafann in ard a chinn is a ghutha ina diaidh nó bhí eagla air fiú drannadh a chur air féin nuair ab ann di.

Ach ós rud é go raibh a fhios ag Dorataí gur cailleach feasa í, bhí súil aici lena leithéid agus níor chuir sé lá iontais uirthi.

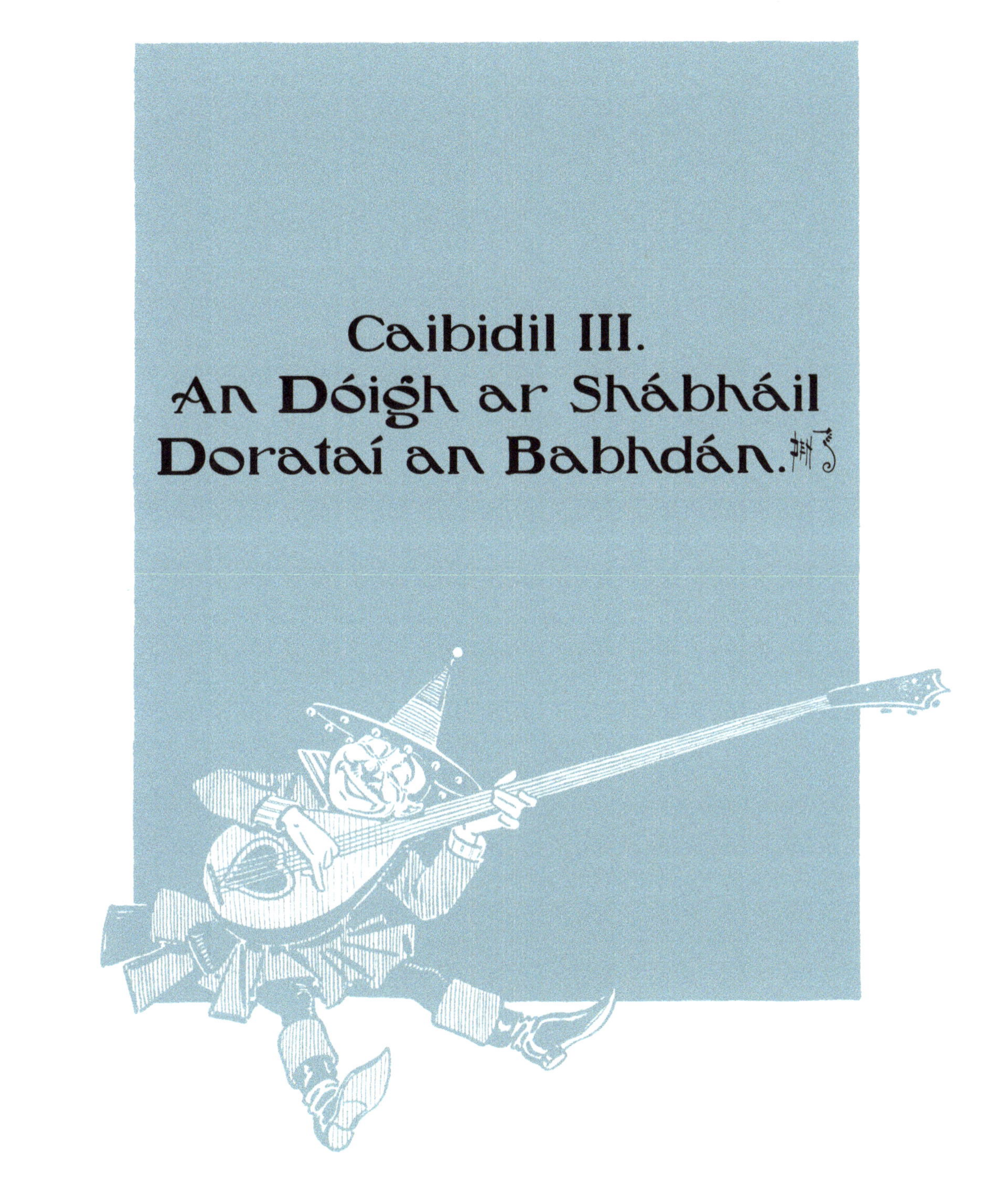

# Caibidil III.
## An Dóigh ar Shábháil Dorataí an Babhdán.

Uair A BHÍ DORATAÍ fágtha ina haonar tháinig ocras uirthi. Chuaigh sí chuig an gcófra agus ghearr sí píosa aráin di féin agus smear sí im air. Thug sí giota de do Thótó, agus thóg sí buicéad anuas den tseilf agus d'iompair sí síos go dtí an sruthán beag agus líon sí d'uisce gléigeal é. Rith Tótó anonn go dtí na crainn agus chrom sé ar thafann leis na héin a bhí ina suí ansin. Chuaigh Dorataí faoina choinne agus chonaic sí a leithéid de thoradh caithiseach ar crochadh ar na craobhacha nó gur bhain sí roinnt de, agus nár dheas an t-anlann don bhricfeasta é.

Ansin chuaigh sí ar ais chuig an teach agus i ndiaidh di agus do Thótó deoch mhaith a ól den uisce geal fuar, chrom sí ar ullmhú a dhéanamh le haghaidh an turais go Cathair na Smaragaidí.

Ní raibh ach gúna amháin eile ag Dorataí, agus tharla go raibh sé glan agus é ar crochadh ar bhacán in aice leis an leaba. Gúna guingeáin a bhí ann, le breacaireacht bhán agus ghorm; agus cé go raibh an gorm cineál tréigthe ag an iomad níochán, ba deas an gúna é mar sin féin. Nigh an cailín í féin go cúramach, chuir sí an guingeán glan uirthi féin agus cheangail sí a boinéad gréine bándearg ar a ceann. Líon sí ciseán beag d'arán ón gcófra agus leath sí éadach bán anuas air. Ansin d'amharc sí síos ar a cosa agus thug sí faoi deara cé chomh caite is a bhí a seanbhróga.

"Ní dhéanfaidh siad sin cúis le haghaidh turais fhada, a Thótó," ar sise. Agus d'amharc Tótó aníos uirthi lena shúile beaga dubha agus chroith sé a eireaball le tabhairt le fios gur thuig sé di.

Ansin go díreach chonaic Dorataí na bróga airgid a bhí le Cailleach an Oirthir agus iad ina luí ar an mbord.

"Ní mé an mbeidh siad oiriúnach dom," a dúirt sí le Tótó. "Sin iad díreach na rudaí a theastaíonn chun siúlóide fada, do-ídithe agus mar atá siad."

Bhain sí a seanbhróga leathair di agus d'fhéach sí na bróga airgid uirthi, agus d'oir siad di chomh maith agus dá mba di féin a rinneadh iad.

Ar deireadh thóg sí a ciseán.

"Seo linn, a Thótó," ar sise. "Rachaimid go Cathair na Smaragaidí agus fiafróimid eolas an bhealaigh ar ais go Kansas d'Oz Mór."

Dún sí an doras, chuir sí glas air agus chuir sí an eochair isteach go cúramach i bpóca a gúna. Ansin chuir sí chun bóthair, agus Tótó ar shodar stuama lena sáile.

Bhí go leor bóthar in aice láithreach, ach ba ghearr go bhfuair sí an ceann pábháilte de bhrící buí. Go gairid ina dhiaidh sin bhí siúl géar fúithi i dtreo Chathair na Smaragaidí, agus dromchla crua buí an bhóthair ag baint cling mheidhreach as a bróga airgid. Bhí an ghrian gheal ag taitneamh sa spéir agus bhí ceiliúr binn na n-éan ina cluasa, agus ní raibh giúmar ar Dhorataí leath chomh dona agus a shílfeá a bheadh ar ghirseach a sciobadh suas óna tír féin agus a leagadh anuas i lár tíre aistí.

Chuir sé ionadh uirthi ag siúl di cé chomh hálainn is a bhí an tír thart timpeall uirthi. Bhí fálta cuaillí slachtmhara le taobh an bhóthair agus dath deas gorm orthu, agus ar an taobh thall díobh bhí goirt ag cur thar maoil le harbhar is le glasraí. Ba léir gur fheirmeoirí maithe iad na Muinscinigh agus iad in ann barr mór a shaothrú. Ó am go chéile théadh sí thar theach agus thagadh an mhuintir amach le breathnú uirthi agus d'umhlaíodh siad iad féin go talamh nuair a théadh sí thart; nó bhí a fhios ag cách gurbh ise a ba chúis le díothú na Droch-Chaillí agus a scaoileadh-san ón daoirse. Ba aisteach an chuma a bhí ar thithe na Muinscineach, nó bhí siad cruinn agus cruinneachán mór orthu mar cheann. Bhí dath gorm ar gach uile cheann acu, nó sa tír Thoir seo bhíothas an-tugtha don ghorm.

Ag tarraingt ar nóin beag agus deireadh an lae, bhí tuirse an tsiúil ar Dhorataí agus thosaigh sí ag smaoineamh cá háit a gcuirfeadh sí thart an oíche nuair a tháinig sí ar theach níos mó ná an chuid eile de na tithe. Ar an bhfaiche ghlas os a chomhair bhí a lán daoine idir fhir agus mhná ag damhsa. Bhí cúigear fidléirí beaga ag fidléireacht chomh hard agus ab fhéidir dóibh agus bhí na daoine ag gáire agus ag gabháil cheoil; in aice láithreach bhí bord mór faoi mhaoil le togha torthaí agus rogha cnónna, le scoth póg agus cístí agus le míle billín beadaí eile.

Chuir na daoine fearadh na fáilte roimh Dhorataí agus thug siad cuireadh di fanacht agus suipéar a chaitheamh agus baint fúithi ar feadh na hoíche in éindí leo; nó bhí fear an tí ar dhuine de na Muinscinigh ba shaibhre sa tír ar fad agus bhí a chuid cairde cruinnithe leis chun a saoirse ó ghéibheann na Droch-Chaillí a cheiliúradh.

D'ith Dorataí béile breá mór agus an Muinscineach saibhir féin, a raibh Boq mar ainm air, ag friotháil uirthi. Ina dhiaidh sin shuigh sí ar tholg agus bhreathnaigh sí ar na daoine ag damhsa.

Nuair a thug Boq faoi deara na bróga airgid a bhí uirthi, dúirt sé:

"Caithfidh gur mór an bandraoi thú."

"Cén fáth?" a d'fhiafraigh an cailín.

"Mar go bhfuil bróga airgid ort agus gur mharaigh tú an Droch-Chailleach. Thairis sin, tá dath bán i do ghúna agus ní chaitheann ach bandraoithe éadach bán."

*"Caithfidh gur mór an bandraoi thú."*

"Seicéadach gorm agus bán atá i mo ghúna," arsa Dorataí, á shlíocadh di chun na roic a bhaint amach.

"Is cineálta an mhaise duit é sin a chaitheamh," arsa Boq. "Is é gorm dath na Muinscineach, agus is é bán dath na mbandraoithe. Mar sin de tá a fhios againn gur bandraoi cairdiúil thú."

D'fheall an friotal ar Dhorataí, nó shíl gach uile dhuine, de réir cosúlachta, gur bhandraoi í, agus bhí a fhios aici féin go maith nach raibh inti ach gnáthghirseach a tharla de thaisme an chuaranfa i dtír choimhthíoch.

Nuair a bhí sí tuirseach ag amharc ar an damhsa, thug Boq isteach sa teach í chuig seomra a raibh leaba dheas ann. Éadach gorm a bhí sa bhraillín agus chodail Dorataí go sámh fúithi go maidin, agus chuir Tótó a cheann ina chamas ar an ruga gorm lena taobh.

Chaith sí bricfeasta breá mór agus d'amharc sí ar leanbh beag Muinscineach ag súgradh le Tótó agus ag tarraingt a eireabaill agus ag ligean gíge agus gáire as ar dhóigh a bhí thar a bheith greannmhar le Dorataí. Ba mhór an tsuim a bhí ag an bpobal seo i dTótó, nó ní fhaca siad madra riamh roimhe sin, agus an rud is annamh is iontach.

"Cén t-achar é go Cathair na Smaragaidí?" a d'fhiafraigh an cailín.

"Níl a fhios agam," arsa Boq go tromchúiseach, "nó ní raibh mé ann riamh. B'fhearrde do dhaoine fanacht amach ó Oz, mura bhfuil gnó acu leis. Ach is fada an t-achar go Cathair na Smaragaidí agus bainfidh sé laethanta fada asat. Tá an tír saibhir sultmhar anseo, ach caithfidh tú dul trí áiteanna garbha baolacha sula mbaine tú ceann do scríbe amach."

Chuir sin iarracht d'imní ar Dhorataí, ach bhí a fhios aici gurb é Oz Mór amháin a bhí in ann cuidiú léi Kansas a shroicheadh arís agus dá bharr sin chinn sí go móruchtúil gan filleadh ar ais.

D'fhág sí slán ag a cairde agus thug sí bóthar na mbrící buí uirthi féin arís. I ndiaidh di cuid mhaith mílte a shiúl shíl sí gur mhithid di a scíth a ligean agus dhreap sí go barr claí taobh leis an mbóthar agus shuigh sí síos. Bhí gort mór arbhair taobh thall den chlaí agus ansin bhí Babhdán agus é curtha in airde ar chuaille chun an éanlaith a choinneáil ón arbhar aibí.

Lig Dorataí a smig ar a leathláimh agus stán sí go machnamhach ar an mBabhdán. Sac beag a raibh cochán dingthe isteach ann a bhí mar cheann air agus dhá shúil, srón agus béal péinteáilte air chun gnúis a léiriú. Bhí seanhata gobach gorm, ar le Muinscineach éigin é lá den tsaol, ar bhaithis a chinn agus as culaith ghorm éadaigh a bhí an chuid eile den fhear déanta, í caite tréigthe, agus cochán dingthe isteach inti sin freisin. Bhí péire seanbhróg ar a chosa agus corna gorm ag a mbarr mar a bhí ar gach uile dhuine sa tír seo, agus bhí sé curtha in airde thar ghais an arbhair trí mheán maide a bhí sáite suas a dhroim.

*Stán Dorataí go machnamhach ar an mBabhdán.*

Le linn do Dhorataí dreach ait daite an Bhabhdáin a scrúdú, baineadh geit aisti nuair a chonaic sí súil dá chuid ag sméideadh go mall uirthi. Shíl sí go raibh dul amú uirthi ar dtús, nó ní bhíonn babhdán ar bith ag sméideadh súile choíche i gKansas; ach ar ball beag sméid an fear bréige a cheann go cairdiúil uirthi. Ansin thuirling sí den chlaí agus shiúil caol díreach chuige, agus rith Tótó timpeall an chuaille ag tafann.

"Dia duit," arsa an Babhdán de ghlór múchta.

"Ar labhair tú?" a d'fhiafraigh an ghirseach, agus ionadh uirthi.

"Labhair cinnte," a dúirt an Babhdán mar fhreagra. "Conas atá tú?"

"Tá mé go maith, slán a bhéas tú," arsa Dorataí go múinte. "Conas atá tú féin?"

"Tá droch-chaoi orm," arsa an Babhdán, agus fáthadh an gháire ar a bhéal, "nó is liosta leadránach an rud a bheith sáinnithe thuas anseo d'oíche is de ló chun na préacháin a scanrú chun siúil."

"Nach bhfuil tú in ann teacht anuas?" a d'fhiafraigh Dorataí.

"Níl muise, nó tá an cuaille seo sáite suas mo dhroim. Dá mbainfeá an cuaille, le do thoil, bheinn an-bhuíoch díot."

Shín Dorataí a dhá láimh suas agus thóg sí an fear bréige den chuaille, nó, ós rud é nach raibh ann ach cochán, bhí sé éadrom go leor.

"Go raibh míle maith agat," arsa an Babhdán nuair a bhí sé curtha ar an talamh. "Tá mé i m'fhear úr."

Chuir sin mearbhall ar Dhorataí, nó b'aisteach léi an rud fear bréige a bheith ag caint agus ag umhlú é féin agus ag siúl taobh léi.

"Cé thusa?" a d'fhiafraigh an Babhdán i ndiaidh dó é féin a shearradh agus méanfach a dhéanamh. "Agus cá bhfuil do thriall?"

"Dorataí is ainm dom," arsa an ghirseach, "agus tá mo thriall go Cathair na Smaragaidí, le hiarraidh ar Oz Mór mé a sheoladh ar ais go Kansas."

"Cá bhfuil Cathair na Smaragaidí?" a d'fhiafraigh sé. "Agus cé hé Oz?"

"Muise, nach bhfuil a fhios agat?" ar sise le hiontas.

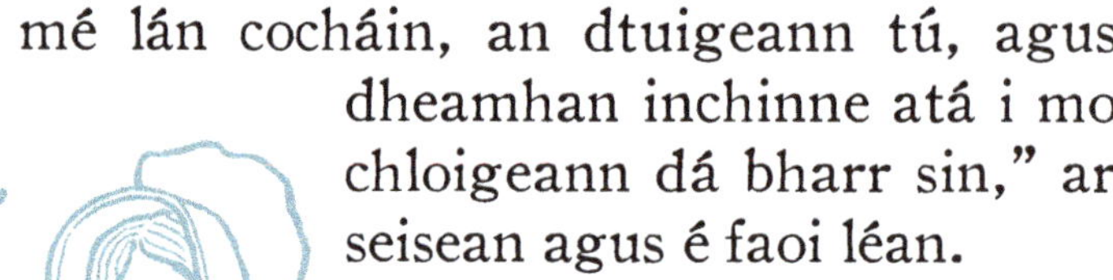

"Níl, leoga. Níl eolas ar bith agam. Tá mé lán cocháin, an dtuigeann tú, agus dheamhan inchinne atá i mo chloigeann dá bharr sin," ar seisean agus é faoi léan.

"Och," arsa Dorataí, "tá brón orm faoi sin."

"Meas tú," ar seisean, "dá rachainn go Cathair na Smaragaidí in éindí leat, meas tú an dtabharfadh Oz inchinn dom?"

"Ní heol dom," ar sise, "ach tar liom más mian leat. Mura dtuga Oz inchinn duit, ní bheidh tú níos measa as ná mar atá tú anois."

"Is fíor duit," arsa an Babhdán. "An dtuigeann tú," labhair sé leis go muiníneach, "ní miste liom mo chosa agus mo lámha a bheith lán cocháin, nó ní féidir mé a ghortú. Má sheasann duine ar mo ladhar nó má chuireann duine biorán ionam, ní chuireann sé isteach nó amach orm nó ní mhothaím é. Ach níor mhaith liom go dtabharfaí amadán orm, agus más cochán atá istigh i mo chloigeann i gcónaí, seachas inchinn mar atá i do chloigeann-sa, is dócha nach mbeidh aon eolas agam choíche."

"Tuigim duit," arsa an ghirseach agus fíorthrua aici dó. "Má thagann tú liom iarrfaidh mé ar Oz a sheacht ndícheall a dhéanamh duit."

"Go raibh maith agat," ar seisean go buíoch.

Shiúil siad ar ais chuig an mbóthar. Thug Dorataí lámh chuidithe thar an gclaí dó agus chuir siad chun bhóthar na mbrící buí i dtreo Chathair na Smaragaidí.

Ní raibh Tótó róshásta faoin mbreis seo ar an mbuíon ar dtús. Bhí sé ag bolú timpeall an fhir bhréige mar a bheadh amhras air go raibh nead francach i bhfolach sa chochán agus ba mhinic a bhí sé ag drantán go doicheallach ar an mBabhdán.

"Ná bac le Tótó," a dúirt Dorataí lena cara nua. "Níor bhain sé plaic as duine fós."

"Oró, ní orm atá an eagla," arsa an Babhdán. "Ní fhéadann sé an cochán a ghortú. Lig dom an ciseán sin a iompar duit. Ní hualach ar mo ghualainn é nó ní féidir mé a thuirsiú. Ligfidh mé rún leat," ar seisean agus é ag siúl leis. "Níl ach rud amháin faoin spéir a bhfuil eagla orm roimhe."

"Agus céard é sin?" arsa Dorataí; "an feirmeoir Muinscineach a chruthaigh thú, an ea?"

"Ní hea," arsa an Babhdán; "ach cipín ar lasadh."

Caibidil IV.
~An Bothar Tríd
an gCoill.~

# Achrannach

AIMHRÉIDH A D'ÉIRIGH AN bóthar tar éis tamaill agus bhí an siúl chomh deacair sin gur mhinic a bhaineadh na brící buí tuisle as an mBabhdán, mí-chothrom corraiceach agus mar a bhí siad anseo. In áiteanna bhí siad briste féin nó fiú amháin ar iarraidh ar fad agus poill fágtha acu a léimeadh Tótó tharstu agus a shiúladh Dorataí timpeall orthu. Maidir leis an mBabhdán, agus é gan inchinn, shiúladh sé leis díreach ar aghaidh agus mar sin théadh sé isteach sna poill agus shíntí ó sháil go rinn é ar na brící crua. Ní ghortaítí riamh é, áfach, agus ní dhéanadh Dorataí ach é a thógáil agus a chur in a sheasamh arís, agus é ag gáire go meidhreach léi faoina mhíthapa féin.

Ní raibh an chaoi chéanna ar na feirmeacha anseo agus a bhí níos faide ar gcúl, ná baol air. Bhí na tithe agus na crainn thoraidh níos teirce agus dá fhad a thaistil siad is amhlaidh is gruama dubhaí uaigní a d'éirigh an tír.

Ag meán lae shuigh siad síos ar thaobh an bhóthair, in aice le sruthán beag, agus d'oscail Dorataí a ciseán agus thug amach leadhb aráin. Thairg sí píosa don Bhabhdán, ach dhiúltaigh sé é.

"Ní bhíonn an t-ocras ar chor ar bith orm," ar seisean, "agus nach maith mar a tharlaíonn, nó níl mo bhéal ach péinteáilte, agus dá ngearrfainn poll ann chun a bheith in ann ithe, thiocfadh amach an cochán atá ionam, agus chuirfeadh sin cruth mo chloiginn ó mhaith."

Thuig Dorataí ar an bpointe gurbh fhíor dó agus sméid sí a ceann agus d'ith léi a cuid aráin.

"Inis dom fút féin agus faoin tír as ar tháinig tú," arsa an Babhdán i ndiaidh di a cuid a ithe. Mar sin, d'eachtraigh sí dó faoi Khansas agus faoina léithe agus a bhí gach rud ansin agus faoin dóigh a thug an cuaranfa í chuig an tír aisteach seo darb ainm Oz. Thug an Babhdán cluas le héisteacht air féin agus dúirt sé:

"Ní thuigim cén fáth a ba mhian leat an tír álainn seo a fhágáil agus filleadh ar an áit thirim liath sin a dtugann tú Kansas uirthi."

"Ní thuigeann tú de bhrí nach bhfuil inchinn agat," arsa an cailín. "Is cuma cé chomh liath duairc is atá an baile s'againne, is ansin a b'fhearr linn, mar dhaoine feola is fola, a bheith inár gcónaí ná i dtír ar bith eile dá áille. Níl aon tinteán mar do thinteán féin."

Lig an Babhdán osna.

*"Ní ach arú inné a rinneadh mé,"* arsa an Babhdán.

"Ní thuigim ar chor ar bith, ar ndóigh," ar seisean. "Dá mbeadh cochán i bhur gcloigeannsa mar atá i mo chloigeann féin, is dócha go mbeadh sibh uile i bhur gcónaí sna háiteanna áille, agus ansin ní bheadh duine ar bith i gKansas. Is méanar do Khansas inchinn a bheith agaibh."

"Nach n-inseoidh tú scéal dom, fad is atáimid ag ligean ár scíthe?" arsa an páiste.

D'fhéach an Babhdán go milleánach uirthi agus d'fhreagair sé:

"Is gairid beag an saol a thugaim liom go dtí seo agus i ndáiríre níl aon eolas agam ar chor ar bith. Ní ach arú inné a rinneadh mé. Is anaithnid dom gach ar tharla sa domhan roimh an am sin. Ar an dea-uair, nuair a chruthaigh an feirmeoir mo chloigeann, bhí mo dhá chluais a phéinteáil ar na rudaí is túisce a rinne sé agus mar sin chuala mé a raibh ar siúl. Bhí Muinscineach eile in éindí leis, agus ba é an chéad rud dár chuala mé ná an feirmeoir ag rá:

"'Cad é do mheas ar na cluasa sin?'

"'Tá siad leathard,' arsa an duine eile.

"'Och, is cuma,' a dúirt an feirmeoir. 'Nach cluasa iad mar sin féin?' agus bhí an fhírinne aige.

"'Déanfaidh mé na súile anois,' arsa an feirmeoir. Mar sin phéinteáil sé mo shúil dheas agus chomh luath agus a chríochnaigh sé í fuair mé mé féin ag féachaint air agus ar gach rud i mo thimpeall le fiosracht mhór, nó ba é seo an chéad spléachadh a fuair mé ar an saol.

"'Nach deas í mar shúil, muise,' arsa an Muinscineach a bhí ag amharc ar an bhfeirmeoir. 'Is é gorm díreach an dath ceart le haghaidh súl.'

"'Ceapaim go ndéanfaidh mé an tsúil eile beagáinín níos mó,' arsa an feirmeoir. Agus nuair a bhí an dara súil péinteáilte b'fhearr fós mo radharc. Ansin rinne sé srón agus béal dom. Ach ní labhair mé, nó ag an am sin ní raibh a fhios agam cad chuige béal. Ba mhór an spórt agam a bheith ag féachaint orthu nuair a rinne siad mo cholainn is mo lámha is mo chosa; agus nuair a ghreamaigh siad an cloigeann díom faoi dheireadh, nach orm a bhí an bród, nó cheap mé go raibh mé i gcómhaith le fear ar bith.

"'Beidh an diúlach seo sciobtha go leor ag scanrú na bpréachán,' arsa an feirmeoir. 'Is fear críochnaithe ar a dhealramh é.'

"'Muise, is fear críochnaithe i ndáiríre é,' arsa an fear eile, agus bhí mé ar aon tuairim leis. D'iompair an feirmeoir faoina ascaill mé go dtí an gort arbhair agus chuir sé ar mhaide ard mé, áit ar tháinig tusa orm. D'imigh sé féin agus a chara ar ball agus d'fhág siad liom féin mé.

"Ní raibh mé róshásta a bheith tréigthe mar sin agus rinne mé iarracht siúl ina ndiaidh. Ach ní dheachaigh mo dhá chois go talamh agus b'éigean dom fanacht ar an gcuaille sin. B'uaigneach an saol é, nó ní raibh ábhar machnaimh agam agus mé gan a bheith déanta ach le tamaillín beag. Thagadh a lán préachán agus éin eile isteach sa ghort arbhair, ach chomh luath agus a fheicidís mé d'imídís arís, nó shílidís gur Muinscineach mé; agus chuireadh sin gliondar ar mo chroí agus tuigeadh dom gur duine réasúnta tábhachtach mé. Ar ball beag d'eitil seanphréachán in aice liom agus, i ndiaidh dó mé a scrúdú go grinn, thuirling sé ar mo leathghualainn agus dúirt:

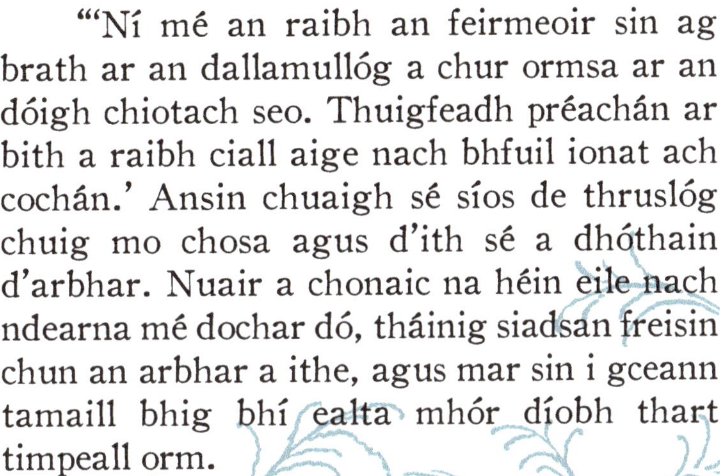

"'Ní mé an raibh an feirmeoir sin ag brath ar an dallamullóg a chur ormsa ar an dóigh chiotach seo. Thuigfeadh préachán ar bith a raibh ciall aige nach bhfuil ionat ach cochán.' Ansin chuaigh sé síos de thruslóg chuig mo chosa agus d'ith sé a dhóthain d'arbhar. Nuair a chonaic na héin eile nach ndearna mé dochar dó, tháinig siadsan freisin chun an arbhar a ithe, agus mar sin i gceann tamaill bhig bhí ealta mhór díobh thart timpeall orm.

"Tháinig brón orm faoi sin, nó thaispeáin sé nár mhaith an Babhdán mé i ndiaidh gach ní; ach thug an seanphréachán sólás dom agus dúirt sé, 'Ach inchinn a bheith agat i do chloigeann bheifeá chomh maith le duine acu, agus níos fearr ná cuid acu. Is í an inchinn an t-aon rud is fiú duit agat ar an saol seo, is cuma cé acu préachán nó duine thú.'

"Nuair a bhí na préacháin imithe, rinne mé mo mhachnamh ar seo agus chinn mé go ndéanfainn mo dhícheall inchinn a fháil. Ar ámharaí an tsaoil tháinig tusa agus bhain tú den chuaille mé, agus más fíor duit tá mé cinnte go dtabharfaidh Oz Mór inchinn dom chomh túisce is a bhainfimid Cathair na Smaragaidí amach."

"Tá súil agam é," arsa Dorataí i ndáiríre, "ós rud é go bhfuil dúil mhór agat inti."

"Ó tá, tá dúil agam," arsa an Babhdán. "Cuireann sé a leithéid de mhíshuaimhneas orm aithint gur amadán mé."

"Bhuel," arsa an cailín, "ar aghaidh linn." Agus shín sí an ciseán chuig an mBabhdán.

Ní raibh claí ar bith taobh an bhóthair anois agus bhí an talamh garbh bán. Ag tarraingt ar thráthnóna dóibh shroich siad coill mhór agus na crainn chomh mór dlúth inti gur tháinig a gcraobhacha le chéile os cionn bhóthar na mbrící buí. Bhí sé dorcha faoi na crainn, beagnach, nó choinnigh na craobhacha solas an lae amach; ach níor stop mo thaistealaithe, agus isteach leo sa choill.

"Má théann an bóthar seo isteach, caithfidh go dtaga sé amach," arsa an Babhdán, "agus ós rud é go bhfuil Cathair na Smaragaidí ag an gceann eile den bhóthar, ní mór dúinn a leanúint cibé áit a dtéann sé."

"Is eol do chách é sin," arsa Dorataí.

"Cinnte; sin an fáth arb eol domsa é," arsa an Babhdán. "Dá dteastódh inchinn chun an méid seo a rá, ní déarfainn é."

Tar éis uair an chloig nó mar sin chuaigh sé ó sholas agus fágadh ag stamrógacht leo sa dorchadas iad. Ní raibh radharc ar bith ag Dorataí, ach bhí ag Tótó nó tá radharc maith ag madraí áirithe sa dorchadas féin; agus dúirt an Babhdán gurb ionann an cás dó oíche agus lá geal ó thaobh radharc súl de. Mar sin chuir sí a lámh ina ascaill agus d'éirigh léi dul chun cinn go réasúnta maith.

"Má fheiceann tú teach nó áit ar bith mar a dtig linn an oíche a chur thart," ar sise, "abair liom é, nó tá sé míchompordach a bheith ag siúl sa dorchadas."

Ar ball beag stad an Babhdán.

"Feicim bothán beag ar an taobh dheas," ar seisean, "é déanta d'adhmad agus craobhacha. An rachaimid ann?"

"Rachaimid, leoga," arsa an páiste. "Tá mé traochta."

Ghiollaigh an Babhdán tríd na crainn í go dtí gur bhain siad an bothán amach, agus chuaigh Dorataí isteach agus fuair sí leaba duilleog tíortha sa chlúid. Luigh sí síos gan mhoill, agus ba ghearr go raibh sí ina suan codlata. Ós rud é nach dtagann aon tuirse ar an mBabhdán, sheas sé i gcoirnéal eile agus d'fhan go foighneach ar theacht na maidine.

# Caibidil V.
## Tarrtháil an Choillteora Stáin.

Nuair a mhúscail Dorataí bhí an ghrian ag soilsiú tríd na crainn agus bhí Tótó amuigh le fada ag tabhairt ruathair ar éin agus ar ioraí thart timpeall air. D'éirigh sí aniar agus d'fhéach ina timpeall. Bhí an Babhdán fós ina sheasamh sa choirnéal ag fanacht go foighneach uirthi.

"Caithfimid dul ar lorg uisce," ar sise leis.

"Cén fáth a bhfuil uisce uait?" ar seisean.

"Le m'aghaidh a ní i ndiaidh dheannach an bhóthair, agus le hól, sa chaoi is nach ngreamaí an t-arán tur i mo scornach."

"Caithfidh go bhfuil sé an-mhíchaoithiúil a bheith déanta d'fheoil," a dúirt an Babhdán go machnamhach, "nó is éigean duit codladh agus ithe agus ól. Bíodh sin mar atá, tá inchinn agat, agus is fiú a lán trioblóide a bheith in ann smaoineamh i gceart."

D'fhág siad an teachín agus shiúil siad tríd na crainn go dtí gur tháinig siad ar fhuarán beag fíoruisce. D'ól Dorataí agus d'fholc sí í féin agus d'ith sí a bricfeasta. Chonaic sí nach raibh mórán aráin fágtha sa chiseán agus bhí sí buíoch de nach raibh ar an mBabhdán ithe, nó is ar éigean a bhí a sáith féin agus sáith Thótó ann don lá.

Nuair a bhí a cuid caite aici agus í ar tí dul ar ais chuig bóthar na mbrící buí, chuala sí och trom in aice láimhe a bhain geit aisti.

"Céard a bhí ann?" a d'fhiafraigh sí go faiteach.

"Níl barúil dá laghad agam," arsa an Babhdán; "ach rachaimid go bhfeicfimid."

Díreach ansin tháinig och eile chomh fada leo agus bhí an fhuaim ag teacht aniar óna gcúl de réir cosúlachta. Thiontaigh siad agus thug cúpla coiscéim tríd an gcoill agus ansin chonaic Dorataí rud ar lasadh faoi gha gréine anuas tríd na crainn. Rith sí go dtí an áit agus ansin stad sí go tobann agus lig gíog beag iontais.

Bhí ceann de na crainn mhóra beagnach leagtha le teann buillí tua agus bhí fear ina sheasamh taobh leis agus é déanta go hiomlán as stán agus tua crochta ina dhá láimh aige. Bhí a cheann agus a cheithre ghéag in alt lena chabhail, ach ní rinne sé cor ná car, mar nach mbeadh bogadh ann.

D'fhéach Dorataí le hionadh air, agus rinne an Babhdán mar an gcéanna, ach d'amhastraigh Tótó go

géar agus thug áladh ar na cosa stáin, rud a ghortaigh a char.

"Ar lig tú och?" arsa Dorataí.

"Lig," arsa an fear stáin, "agus is le breis agus bliain atá mé á ligean liom ach deamhan duine a chuala mé riamh ná a tháinig i gcabhair orm."

"Céard a dhéanfas mé duit?" ar sise go mánla, nó chuir glór brónach an fhir trua uirthi.

"Faigh canna ola agus cuir ola ar mo chuid alt," ar seisean. "Tá a oiread meirge orthu is nach féidir liom iad a bhogadh ar chor ar bith; má olaítear go maith mé beidh mé ar mo sheanléim arís. Gheobhaidh tú canna ola ar sheilf i mo bhothán."

Rith Dorataí ar ais go dtí an bothán gan mhoill agus fuair an canna ola, ansin d'fhill sí agus d'fhiafraigh go himníoch, "Cá bhfuil do chuid alt?"

"Olaigh mo mhuineál ar dtús," arsa an Coillteoir Stáin. D'olaigh sí é agus ós rud é go raibh an mheirg trom air, rug an Babhdán ar an gcloigeann stáin agus bhog go réidh é anonn is anall go dtí gur scaoil sé é, agus ansin bhí an fear in ann é a bhogadh é féin.

"Anois olaigh na hailt i mo lámha," ar seisean. Agus d'olaigh Dorataí agus d'fheac an Babhdán iad go cúramach go dtí go raibh siad saor ó mheirg agus chomh maith agus a bhí siad an chéad lá riamh.

Lig an Coillteoir Stáin osna sásaimh agus lig sé anuas a thua agus chuir sé leis an gcrann í.

"Is mór an faoiseamh é seo," ar seisean. "Tá an tua sin crochta san aer agam ó mheirgigh mé agus tá áthas orm é a leagan síos faoi dheireadh thiar thall. Anois, má olaíonn tú na hailt i mo chosa, beidh mé ar fheabhas an domhain arís."

Mar sin, d'olaigh siad a chosa go dtí go raibh sé in ann iad a bhogadh gan bhac; agus ghabh sé buíochas leo arís is arís eile as a scaoileadh, nó ba bhreá múinte an créatúr é, agus an-bhuíoch ar fad.

"B'fhéidir go mbeinn i mo staic ansin go deo na ndeor murach gur tháinig sibhse," ar seisean; "dá bhrí sin is cinnte gur shábháil sibh mo bheo. Conas a tharla sibh anseo?"

"Táimid ar an mbealach go Cathair na Smaragaidí ar thuairisc Oz Mhóir," ar sise, "agus stop muid ag do bhothán chun an oíche a chur thart."

"Cén gnó atá agaibh d'Oz?" ar seisean.

"Iarrfaidh mise air mo sheoladh ar ais go Kansas, agus tá an Babhdán ag iarraidh air giota inchinne a chur ina chloigeann," ar sise.

Chuaigh an Coillteoir Stáin ar a mharana go ceann nóiméid. Ansin dúirt sé:

"Meas tú an dtabharfadh Oz croí dom?"

"*Is mór an faoiseamh é seo,*" arsa an Coillteoir Stáin.

"Mo bharúil go tabharfadh, muise," a dúirt Dorataí. "Bheadh sé chomh furasta agus inchinn a thabhairt don Bhabhdán."

"Is fíor duit," arsa an Coillteoir Stáin. "Dá bhrí sin, mura miste daoibh libh mé, rachaidh mise go Cathair na Smaragaidí freisin go n-iarrfaidh mé cuidiú ar Oz."

"Tar linn agus fáilte," arsa an Babhdán go croíúil, agus dúirt Dorataí freisin go dtaitneodh a chomhluadar léi. Mar sin chuir an Coillteoir Stáin a thua ar a ghualainn agus chuaigh siad uile tríd an gcoill go dtí gur tháinig siad ar an mbóthar a bhí pábháilte le brící buí.

D'iarr an Coillteoir Stáin ar Dhorataí an canna ola a chur ina ciseán. "Nó," ar seisean, "dá mbéarfadh an fhearthainn orm a chuirfeadh meirg orm arís, bheadh an canna ola ag teastáil go géar uaim."

Bhí sé d'ádh orthu a gcomrádaí nua a bheith leo, nó tamall beag i ndiaidh dóibh cur chun bóthair arís tháinig siad faoi áit a raibh na crainn agus na craobhacha chomh tiubh sin trasna an bhóthair nach raibh dul tríd ag na taistealaithe. Ach chuaigh an Coillteoir Stáin i gcionn a thua agus thuaigh sé chomh maith sin nó gur ghearr sé bealach don bhuíon go hiomlán.

Agus iad ag siúl rompu, bhí Dorataí ag machnamh chomh dian sin is nár thug sí faoi deara nuair a thit an Babhdán i bpoll agus fágadh ag iomlasc ag taobh an bhóthair é. Leoga, bhí air glao uirthi chun lámh cúnta aníos a thabhairt dó.

"Cén fáth nár shiúil tú timpeall an phoill?" arsa an Coillteoir Stáin.

"Níl a oiread sin eolais agam," arsa an Babhdán go meanmnach. "Tá mo chloigeann lán cocháin, an dtuigeann tú, agus sin an fáth a bhfuil mé ag dul in araicis Oz chun inchinn a iarraidh air."

"Ó, tuigim," arsa an Coillteoir Stáin. "Ach, tar éis an tsaoil, ní hé an inchinn an rud is fearr amuigh."

"An bhfuil inchinn agatsa?" a d'fhiafraigh an Babhdán.

"Níl ná inchinn, tá mo chloigeann-sa folamh ar fad," arsa an Coillteoir Stáin. "Ach bhí, lá, agus croí freisin; mar sin, agus taithí ar an dá rud agam, b'fhearr go mór liom agam croí."

"Agus cén fáth sin?" arsa an Babhdán.

"Inseoidh mé mo scéal daoibh, agus ansin beidh a fhios agaibh."

Mar sin, le linn dóibh siúl tríd an gcoill, d'inis an Coillteoir Stáin an scéal seo a leanas dóibh:

"Ba choillteoir é m'athair; shaothraíodh sé a bheatha ag leagan crann sa choill agus ag díol an adhmaid. Nuair a tháinig mé in aois, bhí mise i mo choillteoir freisin, agus i ndiaidh do m'athair bás a fháil thugainn aire do mo mháthair aosta fad ba bheo di. Ansin, seachas a bheith i mo chónaí liom féin, chinn mé ar phósadh ar mhodh is nach dtiocfadh an t-uaigneas orm.

"Bhí cailín Muinscineach ann a bhí chomh hálainn is gur ghráigh mé ó mo chroí amach í. I dtaca léise de, gheall sí mé a phósadh a thúisce is a shaothróinn go leor airgid le teach níos fearr a thógáil di; mar sin chuaigh mé i gcionn oibre níos dúthrachtaí ná riamh. Ach bhí an cailín ina cónaí le seanbhean agus bhí sise dubh in éadan a pósta le duine ar bith, nó bhí sí falsa agus bhí sí ag iarraidh go bhfanfadh an cailín léi chun an chócaireacht agus an obair tí a dhéanamh. Mar sin chuaigh an tseanbhean chuig Droch-Chailleach an Oirthir agus gheall sí dhá chaora agus bó di dá gcuirfeadh sí stad leis an bpósadh. Dá bharr sin, d'imir an Droch-Chailleach draíocht ar mo thua, agus nuair a bhí mé ag tuadóireacht liom ar mo dhícheall—nó bhí dúil agam an teach nua agus mo bhean chéile a fháil chomh luath agus ab fhéidir—sciorr an tua orm agus bhain an chos chlé díom.

"Ba mhór liom an anachain é ar dtús, nó bhí a fhios agam nach dtabharfadh fear a bheatha i dtír go maith mar ghearrthóir crann agus é ar leathchos. Mar sin chuaigh mé chuig gabha stáin agus d'iarr mé air cos nua a dhéanamh dom as stán. D'fhóin an chos go maith, nuair a bhí mé tagtha isteach uirthi. Ach chuir an méid a rinne mé fearg ar Dhroch-Chailleach an Oirthir, nó bhí sé geallta don tseanbhean aici nach bpósfainn an cailín deas Muinscineach. Nuair a thosaigh mé ag tuadóireacht arís, sciorr mo thua orm agus bhain an chos dheas díom. Chuaigh mé chuig an ngabha stáin arís agus rinne sé cos eile stáin dom. Ina dhiaidh seo bhain an tua faoi dhraíocht na lámha díom, ceann i ndiaidh an chinn eile; ach níor chuir sin a dhath mairge orm agus chuir mé lámha stáin ina n-ionad. Ansin bhain an Droch-Chailleach sciorradh as an tua agus baineadh an cloigeann díom, agus dar liom ar dtús go raibh mo phort seinnte. Ach d'éirigh don ghabha stáin a bheith ag teacht an bealach sin agus rinne sé cloigeann nua stáin dom.

"Shíl mé gur rug mé bua ar an Droch-Chailleach ansin agus chrom mé ar oibriú níos crua ná riamh; ach ba ghlas m'eolas ar dhanarthacht mo namhad. Bheartaigh sí modh nua chun mo ghrá don bhruinneall Mhuinscineach a dhíothú, agus bhain sí sciorradh as mo thua arís nó gur ghearr sí mo chabhail agus rinneadh dhá leath díom. Tháinig an gabha stáin i gcabhair orm arís eile agus rinne sé cabhail stáin dom. Ghreamaigh sé mo dhá chois agus mo dhá láimh di trí mheán alt ar mhodh is go bhféadfainn gluaiseacht liom chomh maith leis an chéad lá riamh. Ach, faraor! ní raibh croí agam anois agus chaill mé an méid grá a bhí agam ar an gcailín Muinscineach agus ba chuma liom cé acu a phósfainn í nó nach bpósfainn. Is dócha go bhfuil sí in aontíos leis an seanbhean i gcónaí agus ag fanacht orm teacht ina coinne.

"Bhí mo cholainn chomh lonrach sa ghrian go raibh mé anbhródúil aisti agus ba chuma anois dá sciorrfadh mo thua, nó ní ghearrfadh sí mé. Ní raibh ach priacal amháin ann—go meirgeodh mo chuid alt; ach choimeádainn canna ola i mo bhothán agus ní dhéanainn dearmad mé féin a olú nuair ba ghá. Tharla lá, áfach, go ndearna mé dearmad agus rug an tsíon orm. Níor chuimhnigh mé ar an gcontúirt go dtí go raibh mo chuid alt meirgithe ar fad agus fágadh i mo sheasamh sa choill go dtí gur tháinig sibhse le cuidiú a thabhairt dom. Cé gur mhillteanach an eachtra é, bhí am agam mo mhachnamh a dhéanamh agus mé i mo staic ansin ar feadh bliana, agus d'aithin mé gurbh é an cailleadh ba mhó a d'fhulaing mé ná cailleadh mo chroí. Fad a bhí mé i ngrá ní raibh fear faoi rothaí na gréine a bhí níos sona séanmhaire ná mé féin; ach ní féidir grá a thabhairt mura bhfuil croí agat, agus dá bhrí sin tá rún agam croí a iarraidh ar Oz. Má thugann sé croí dom, fillfidh mé chuig mo bhruinneall Mhuinscineach agus pósfaidh mé í."

Ba mhór an tsuim a bhí ag Dorataí agus ag an mBabhdán i scéal an Choillteora Stáin, agus anois bhí a fhios acu cén fáth a raibh a oiread dúile aige croí nua a fháil.

"Mar sin féin," arsa an Babhdán, "iarrfaidh mise inchinn seachas croí; nó dá mbeadh croí féin ag amadán ní bheadh fios a úsáide aige."

"Gheobhaidh mise croí," arsa an Coillteoir Stáin; "nó ní chuireann inchinn áthas ar dhuine, agus is é an t-áthas an rud is fearr faoin spéir."

Ní dúirt Dorataí tada, nó ní raibh sí cinnte cé acu cara a raibh an ceart aige; agus dar léi dá mbainfeadh sí Kansas agus Aintín Eim amach arís, ba chuma cé acu an Coillteoir a bheith gan inchinn agus an Babhdán gan chroí, nó a raibh ar iarraidh a bheith ag an mbeirt acu.

Ba é an rud is mó a bhí á buaireamh ná nach raibh fágtha den arán ach greim bídeach agus i ndiaidh di agus do Thótó béile eile a chaitheamh bheadh an ciseán folamh ar fad. B'fhíor nach n-itheadh an Coillteoir ná an Babhdán rud ar bith in am ar bith, ach níor stán nó cochán dise agus ní mhairfeadh sí gan chothú.

Caibidil VI.
An Leon
Cladhartha.

**A**n tAM AR FAD BHÍ DORATAÍ agus a cuid comrádaithe ag siúl tríd an gcoill dhlúth. Bhí an bóthar pábháilte le brící buí i gcónaí, ach bhí sé ina thranglam le craobhacha tite agus le duilleoga tíortha ón dúrud crann a bhí os a chionn agus bhain sin an choisíocht go mór díobh.

Ba bheag éan ann an taobh seo den choill, nó is breá le héin a bheith ar an mblár fairsing mar a bhfuil neart gréine ann. Ach anois is arís tháinig drantú toll ó bheithíoch allta éigin i bhfolach i measc na gcrann.

Chuir na fuaimeanna seo preabarnach ar chroí na girsí, nó ní raibh a fhios aici céard a bhí á dhéanamh acu; ach bhí a fhios ag Tótó agus chloígh seisean le taobh Dhorataí gan a oiread agus amhastrach a ligean mar fhreagra orthu.

"Cá fhad," a d'fhiafraigh an páiste den Choillteoir Stáin, "go mbeimid amuigh as an gcoill?"

"Níl mé cinnte," an freagra as, "nó ní raibh mé riamh i gCathair na Smaragaidí. Ach bhí m'athair ann uair amháin agus mé i mo ghasúr, agus dúirt sé gurbh fhada an t-achar agus é trí thír chontúirteach, ach níos gaire don chathair mar a bhfuil Oz ina chónaí tá an tír álainn. Ach níl lá eagla ormsa fad agus mo channa ola a bheith agam, agus ní féidir an Babhdán a ghortú, agus tá lorg phóg na Dea-Chaillí ar d'éadansa agus cosnóidh sin thú ar gach uile dhochar."

"Ach Tótó!" arsa an cailín go cásmhar. "Céard a chosnóidh eisean?"

"Ní mór dúinn féin é a chosaint má tá sé i mbaol," arsa an Coillteoir Stáin.

Go díreach agus é ag caint, tháinig búir uafásach as an gcoill agus láithreach ina dhiaidh sin ghabh Leon mór sa bhóthar de léim. Le buille amháin a chráige chuir sé an Babhdán ag fiodrince leis go himeall an bhóthair, agus ansin bhuail sé an Coillteoir Stáin lena chrúba géara. Ach níor fhág sé rian dá laghad ar an stán, rud a chuir an dubhiontas air; mar sin féin, fágadh an Coillteoir ina chnap ar an mbóthar agus luigh sé socair ansin.

Agus anois nuair a bhí aghaidh le tabhairt ar namhaid ag Tótó beag, thug sé ruathar ar an Leon agus gach aon ghlam aige. D'oscail an t-ollbheithíoch a chraos

"*Ba chóir duit náire a bheith ort!*"

chun Tótó a alpadh. Bhí eagla ar Dhorataí go marófaí Tótó agus, beag beann ar an mbaol, rith sí chun cinn agus tharraing a dícheall buille bhoise ar smut an Leoin, agus í ag scairteadh:

"Ar chraiceann do chluaise ná bain greim as Tótó! Ba chóir duit náire a bheith ort, do leithéidse de bheithíoch mór a bheith ag baint greama as madra beag bocht!"

"Níor bhain mé greim ná leathghreim as," arsa an Leon agus é ag cuimilt a shróine lena lapa san áit ar thug Dorataí buille dó.

"Murar bhain, b'shin an rún agat," ar sise ar an dara focal. "Níl ionat ach cladhaire mór."

"Tá a fhios agam," arsa an Leon agus é ag cromadh a chinn le náire. "Bhí a fhios agam riamh. Ach cén neart atá agam air?"

"Níl a fhios agam, muise. A rá is de gur bhuail tú fear stuáilte, mar atá an Babhdán bocht!"

"An amhlaidh gur stuáilte atá sé?" a d'fhiafraigh an Leon le hiontas le linn do Dhorataí a thógáil agus a chur ar ais ar a dhá chois agus bail a chur air le teann boiseog éadrom.

"Cad eile nó gur stuáilte atá sé?" a dúirt Dorataí agus fearg uirthi go fóill.

"Sin é an fáth ar caitheadh thar a chorp é chomh furasta sin," arsa an Leon. "Chuir sé iontas orm nuair a chonaic mé é ag rince mar sin. An bhfuil an duine eile stuáilte freisin?"

"Níl," arsa Dorataí, "tá sé déanta as stán." Agus thug sí lámh cúnta aníos don Choillteoir.

"Sin an fáth ar bheag nár mhaolaigh sé mo chuid crúb," arsa an Leon. "Nuair a scríob siad ar an stán chuir sé creatha fuachta orm. Céard an t-ainmhí beag sin a bhfuil tú chomh ceanúil air?"

"Seo mo mhadra, Tótó," arsa Dorataí.

"An bhfuil seisean déanta as stán nó stuáilte?" a d'fhiafraigh an Leon.

"Ceachtar acu. Tá sé déanta as—as—as feoil, mar mhadra," arsa an cailín.

"Ó! Nach aisteach an créatúirín é, agus nach eisean atá beag bídeach, anois ó fhéachaim air. Is fada a bheadh duine ag smaoineodh ar ghreim a bhaint as rud chomh beag sin, seachas cladhaire ar mo nós féin," arsa an Leon leis agus é faoi bhrón.

"Céard a dhéanann cladhaire díot?" a d'fhiafraigh Dorataí agus í ag amharc ar an mbeithíoch mór le hiontas, nó bhí méid capaill bhig ann.

"Ní thuigimse dubh, bán ná riabhach é," arsa an Leon. "Is dóigh liom gur rugadh mar sin mé. Ar ndoigh bíonn na hainmhithe eile sa choill ag ceapadh go bhfuil mé cróga, nó tá clú Rí na nAinmhithe ar an Leon gach áit. D'fhoghlaim mé go dtiocfadh eagla ar gach dúil bheo agus go bhfágfaidís an bealach agam ach mise búir mhór ard a ligean. Nuair a chastaí fear orm bhíodh eagla uafásach orm;

ach ní dhéanainn ach búir a ligean dó agus d'imíodh sé ar luas na gaoithe. Dá bhféachfadh na heilifintí agus na tíogair agus na béir le troid a chur orm, theithfinn féin— a leithéid de chladhaire atá ionam; ach chomh túisce is a chluineann siad mo bhúireach bhíonn siadsan ag teith-eadh romhamsa, agus ar ndóigh ligim dóibh teitheadh."

"Ach níl sin ceart. Ní cóir do Rí na nAinmhithe a bheith ina chladhaire," arsa an Babhdán.

"Is maith atá a fhios sin agam," a dúirt an Leon, agus deoir á cuimilt aige le barr a eireabaill. "Is mór is léan liom é agus is mór an míshásamh a chuireann sé ar mo shaol. Ach gach uair a bhfuil contúirt ann, tosaíonn mo chroí ag preabarnach go tapa."

"B'fhéidir go bhfuil galar croí ort," arsa an Coillteoir Stáin.

"B'fhéidir é," arsa an Leon.

"Má tá," arsa an Coillteoir Stáin, "ba chóir duit a bheith sásta, nó cruthaíonn sé go bhfuil croí agat. Maidir liom féin, níl croí agamsa; mar sin ní féidir galar croí a bheith orm."

"B'fhéidir," arsa Leon go machnamhach, "mura mbeadh croí agam ní bheinn i mo chladhaire."

"An bhfuil inchinn agat?" a d'fhiafraigh an Babhdán.

"Is dóigh liom go bhfuil. Níor fhéach mé riamh," arsa an Leon.

"Tá mise ag dul chuig Oz Mór le hiarraidh air inchinn a thabhairt dom," arsa an Babhdán, nó tá mo chloigeann stuáilte le cochán."

"Agus tá mise ag dul le croí a iarraidh air," arsa an Coillteoir.

"Agus tá mise ag dul le hiarraidh air mé féin agus Tótó a sheoladh ar ais go Kansas," arsa Dorataí.

"An measann sibh go bhféadfadh Oz misneach a thabhairt dom?" a d'fhiafraigh an Leon Cladhartha.

"Bheadh sé chomh furasta céanna dó agus inchinn a thabhairt domsa," arsa an Babhdán.

"Nó croí a thabhairt domsa," arsa an Coillteoir Stáin.

"Nó mise a sheoladh ar ais go Kansas," arsa Dorataí.

"Más mar sin é, mura miste libh, rachaidh mé libh," arsa an Leon, "nó ní beo mo bheo gan splanc misnigh agam."

"Tá míle fáilte romhat," arsa Dorataí, "nó beidh tú go maith ag coinneáil na beithígh allta eile amach uainn. Is cosúil gur cladhartha fós siadsan ná tusa má ligeann siad duit scanradh a chur orthu chomh héasca sin."

"Is iadsan atá cladhartha, ceart go leor," arsa an Leon, "ach níl mise a dhath níos cróga dá bharr sin, agus fad is atá a fhios agam gur cladhaire mé ní bheidh mé sásta."

Agus chun siúil arís leis an gcomhluadar beag, an Leon ag céimniú roimhe go maorga taobh le Dorataí. Níor thaitin an compánach nua seo le Tótó ar dtús, nó ní raibh sé imithe as a chuimhne gur bheag nár fáisceadh an t-anam as i gcraos mór an Leoin. Ach i ndiaidh tamaill bhí sé ar a shuaimhneas arís agus ar ball beag bhí Tótó agus an Leon an-mhór le chéile.

Níor mhill gábh ar bith eile suaimhneas a dturas an lá sin. Leis an fhírinne a rá, shiúil an Coillteoir Stáin uair amháin ar chiaróg a bhí ag snámhaíocht léi ar an mbóthar agus mharaigh sé an créatúirín bocht. Ba mhór an brón a chuir seo ar an gCoillteoir Stáin nó bhíodh sé riamh an-chúramach gan dochar a dhéanamh ar dhúil bheo ar bith, agus shil sé deora le barr buartha agus aiféala. Bhí na deora seo ina rith go mall lena éadan agus thar insí a ghéill agus mheirgigh siad ansin. Nuair a chuir Dorataí ceist air ar ball ní raibh an Coillteoir Stáin in ann a bhéal a oscailt nó bhí a ghiall iata go teann le meirg. Ba mhór an scanradh a chuir seo air agus rinne sé a lán comharthaí do Dhorataí ag iarraidh uirthi a fhuascailt, ach níor thuig sí. Níorbh fhéidir leis an Leon ach oiread déanamh amach céard a bhí air. Ach rug an Babhdán greim ar an gcanna ola as ciseán Dhorataí agus d'olaigh sé giall an Choillteora sa dóigh is go raibh an chaint aige arís i ndiaidh cúpla nóiméad chomh maith agus a bhí riamh.

"Bainfidh mé múineadh as seo," ar seisean, "agus féachfaidh mé romham as seo amach, nó dá maróinn ciaróg nó feithid eile ghoilfinn arís go cinnte, agus cuireann an gol meirg ar mo ghiall agus caillim an chaint."

Ina dhiaidh sin shiúil sé go cúramach airdeallach, agus a dhá shúil amuigh aige ar an mbóthar, agus nuair a fheiceadh sé seangán beag bídeach ag obair leis thugadh sé truslóg thairis sa chaoi nach ndéanfadh sé dochar dó. Bhí a fhios go maith ag an gCoillteoir Stáin nach raibh croí aige agus dá bharr sin bhíodh sé riamh an-chúramach gan a bheith cruálach nó míchineálta le neach ar bith.

"Sibhse a bhfuil croí agaibh," ar seisean, "tá treoir agaibh agus ní féidir libh dul amú; ach níl croí agamsa agus mar sin caithfidh mé a bheith an-chúramach. Nuair a thabharfaidh Oz croí dom ar ndóigh ní bheidh orm a oiread sin aire a bheith agam."

Caibidil VII.
An Turas
chuig Oz Mór.

Teacht

NA hOÍCHE, NÍ RAIBH TEACH ar bith le feiceáil in aice láithreach, mar sin bhí orthu campáil amuigh faoi scáth crainn mhóir sa choill. Ba bhreá tiubh an cumhdach é an crann lena gcosaint ar an drúcht, agus ghearr an Coillteoir Stáin carn mór connaidh lena thua agus chuir Dorataí tine bhreá síos a rinne a goradh agus a thóg di cian. D'ith sí féin agus Tótó a raibh fágtha den arán agus anois ní raibh a fhios aici céard a íosfaidís mar bhricfeasta.

"Más mian leat," arsa an Leon, "rachaidh mé sa choill agus maróidh mé fia daoibh. Thig leat é a róstadh ar an tine, ós rud é go bhfuil goile agat do rudaí aisteacha ar nós bia bhruite, agus ansin beidh bricfeasta ar dóigh agaibh."

"Ná déan sin! Impím ort," arsa an Coillteoir Stáin. "Ghoilfinn cinnte dá marófá fia bocht, agus ansin mheirgeodh mo ghiall arís."

Ach d'imigh an Leon sa choill agus fuair sé suipéir dó féin agus ní raibh a fhios riamh ag duine ar bith céard a d'ith sé nó níor luaigh sé é. Agus tháinig an Babhdán ar chrann lán cnónna agus líon sé ciseán Dhorataí díobh sa chaoi is nach dtiocfadh ocras uirthi go ceann i bhfad. Shíl sí gur chineálta cásmhar an mhaise dó é, ach rinne sí gáire croíúil faoin dóigh chiotach a thóg an créatúr bocht na cnónna. Bhí a lámha stuáilte chomh húspánta agus na cnónna chomh beag gur thit a oiread uaidh, beagnach, agus a chuir sé sa chiseán. Ach ba chuma leis an mBabhdán cé chomh fada a thóg sé chun an ciseán a líonadh, nó ba shiocair aige é le fanacht amach ón tine, mar b'eagal dó go rachadh drithle isteach ina chochán agus go ndófaí é. Mar sin d'fhan sé i bhfad ó na lasracha agus níor tháinig sé i gcóngar ach chun Dorataí a chlúdach le heasair duilleog tíortha nuair a shín sí fúithi chun codlata. Choinneáil sin te teolaí í agus chodail sí go sámh go maidin.

Nuair a bhí léas ar an lá, d'fholc an cailín a haghaidh i sruthán beag monabhrach, agus go gearr ina dhiaidh sin thug siad uilig aghaidh ar Chathair na Smaragaidí.

Lá eachtrach a bhí i ndán do na taistealaithe. Ní raibh siad i mbun coisíochta ach le huair a chloig nuair a chonaic siad díog mhór rompu a thrasnaigh an bóthar agus a scar an choill fad a radhairc uathu ar an dá thaobh. Díog an-leathan a bhí ann, agus nuair a dhruid siad lena bruach agus d'fhéach síos inti chonaic siad go raibh sí an-domhain freisin agus a lán carraigeacha móra spiacánacha ina tóin. Bhí na sleasa chomh crochta sin agus nár fhéad duine ar bith acu dul síos agus bhí an chosúlacht ar an scéal go mbeadh deireadh lena dturas.

"Céard a dhéanfaimid?" arsa Dorataí go héadóchasach.

"Níl tuairim dá laghad agam," arsa an Coillteoir Stáin, agus chroith an Leon a mhoing mhothallach agus chuir sé dreach machnamhach air féin. Ach dúirt an Babhdán:

"Ní féidir linn eitilt, tá an méid sin cinnte. Agus ní féidir linn dul síos sa díog mhór seo ach oiread. Mar sin, murar féidir linn í a chur dínn de léim, caithfimid stopadh mar a bhfuil muid."

"Sílim go dtiocfadh liomsa í a léim," arsa an Leon Cladhartha i ndiaidh dó an t-achar a thomhas go cúramach ina intinn.

"Mar sin táimid ceart," arsa an Babhdán, "nó féadann tú muid a iompar anonn ar do dhroim, duine amháin san iarraidh."

"Bhuel, tabharfaidh mé iarracht," arsa an Leon. "Cé hé an chéad duine?"

"Mise," arsa an Babhdán, "nó, dá bhfaighfeá amach nach bhfuil tú in ann an poll a léim, mharófaí Dorataí, agus chuirfeadh na carraigeacha thíos dingeacha sa Choillteoir Stáin. Ach más mise a bheinn ar do dhroim ba chuma, nó ní ghortódh an titim mé ar chor ar bith."

"Tá eagla m'anama orm féin roimh thitim," arsa an Leon Cladhartha, "ach is dóigh liom nach bhfuil an dara rogha ann ach triail a bhaint as. Mar sin, aníos ar mo dhroim leat agus déanfaimid iarraidh."

Shuigh an Babhdán ar dhroim an Leoin agus shiúil an beithíoch mór go himeall na hanscoilte agus chrap sé ar a ghogaide.

"Cén fáth nach ndéanann tú léim reatha?" a d'fhiafraigh an Babhdán.

"Ní mar sin a dhéanaimid, mar Leoin," ar seisean. Ansin ling sé léim mhór, scinn tríd an spéir agus thuirling slán sábháilte ar an taobh thall. Bhí siad uilig sásta go mór nuair a chonaic siad a fhusacht agus a rinne sé é, agus i ndiaidh don Bhabhdán teacht anuas dá dhroim ling an Leon thar an díog anall.

Ba mhian le Dora-
taí a bheith ar an gcéad
duine eile; mar sin thóg
sí Tótó ina baclainn,
chuaigh suas ar dhroim
an Leoin agus rug sí greim docht ar
a mhoing le leathláimh. Láithreach
ina dhiaidh sin bhí sí mar a bheadh
ag eitilt tríd an spéir; agus ansin, ní
raibh faill smaointe aici sula raibh sí slán sábháilte ar an
taobh thall. Chuaigh an Leon ar ais an tríú huair faoi
choinne an Choillteora Stáin, agus ansin shuigh siad síos
go ceann cúpla nóiméad chun go ligfeadh an beithíoch a
scíth, nó bhí a anáil i mbarr a ghoib aige de thairbhe na
léimeanna móra agus bhí sé ag cneadach ar nós madra
mhóir a raibh barraíocht reatha déanta aige.

Bhí an choill an-tiubh an taobh seo, dar leo, agus
bhí cuma dhorcha dhuairc uirthi. I ndiaidh don Leon a
scíth a ligean, chuaigh siad chun boinn ar bhóthar na

mbrící buí; ní fheadair aon duine acu an mbainfidís imeall
na coille amach agus solas an lae ghil a fheiceáil arís agus
bhí siad ag déanamh a machnaimh faoi go ciúin, gach
duine ina cheann féin. Ar ball chuala siad fuaimeanna
aisteacha i ndoimhne na coille, agus chuir sin lena
míshuaimhneas. Dúirt an Leon os íseal leo gurbh é seo an
taobh tíre a d'áitrigh na Caileadaí.

"Céard iad na Caileadaí?" arsa an cailín.

"Is torathair arrachtacha iad a bhfuil corp béir acu
agus ceann tíogair air," a dúirt an Leon, "agus tá crúba
fada géara acu a réabfadh mise i mo dhá leath chomh
furasta agus a mharóinn Tótó. Tá eagla m'anama orm
roimh na Caileadaí."

"Ní nach ionadh," arsa Dorataí. "Is uamhnach na
beithígh iad, de réir dealraimh."

Bhí an Leon ar tí freagra a thabhairt nuair a tháinig
siad ar anscoilt eile trasna an bhóthair. Ach bhí sí seo
chomh leathan agus chomh domhain is gur aithin an Leon
ar an toirt nach dtiocfadh leis léim thairsti.

Shuigh siad síos agus smaoinigh siad ar an rud a ba
chóir a dhéanamh; agus i ndiaidh machnamh dian a
dhéanamh, dúirt an Babhdán:

"Seo crann breá mór, ina sheasamh in aice leis an
díog. Má tá an Coillteoir Stáin in ann é a leagan chun go
dtite sé i dtreo an taoibh thall, féadfaimid siúl anonn gan
stró."

"Is mór an mheabhraíocht é sin," arsa an Leon. "Ba
bheag nach gcreidfeadh duine ar bith gurb inchinn atá i
do cheann seachas cochán."

Luigh an Coillteoir isteach ar an obair láithreach
bonn. Ba mhaith an faobhar a bhí ar a thua agus ba

*Thit an crann de phlimp sa duibheagán.*

PLÁTA IX

ghairid gur ghearr sé beagnach tríd an gcrann. Ansin leag an Leon a lapaí tosaigh láidre leis an gcrann agus bhrúigh sé ar theann a dhíchill, agus de réir a chéile tháinig leathmhaig ar an gcrann mór agus thit sé de phlimp trasna na díge lena mhullach craobhach ar an taobh thall.

Ní raibh ach an chéad choiscéim bainte acu as an droichead aisteach seo nuair a bhuail drantú géar a gcluas, d'ardaigh siad a súile go bhfaca siad dhá bheithíoch mhóra a raibh a gcolainn amhail colainn béir agus a gceann amhail ceann tíogair agus iad ag teacht de ruathar ionsaithe ar na taistealaithe, rud a chuir uafás agus uamhan orthu.

"Caileadaí atá iontu!" arsa an Leon Cladhartha, agus critheagla ag teacht air.

"Éascaígí!" arsa an Babhdán de ghlao. "Anonn linn."

Chuaigh Dorataí ar tosach agus Tótó ina baclainn aici, lean an Coillteoir Stáin sna sála aici, agus an Babhdán ina dhiaidh. Cé nach féidir a rá nach raibh eagla ar an Leon, d'iompaigh sé agus thug sé aghaidh mhisniúil ar na Caileadaí, ansin lig sé ruaghéim chomh hard is chomh huafásach sin gur bhain sí béic as Dorataí agus thit an Babhdán i ndiaidh a chúil, agus baineadh stad as na beithígh fhíochmhara féin agus d'fhéach siad air le hiontas.

Ach nuair a chonaic siad go raibh siad níos mó ná an Leon, agus go raibh siadsan ina mbeirt agus eisean ina aonar, réab siad chun cinn an athuair. Thrasnaigh an Leon an díog agus d'iompaigh sé le feiceáil céard a dhéanfaidís ina dhiaidh sin. Thosaigh na hainmhithe

onchonta thar an gcrann, gan fuacht gan faitíos. Dúirt an Leon le Dorataí:

"Táimid réidh, nó níl rud ar bith is cinnte ná go leadhbfaidh siad muid lena n-ingne géara. Ach fanaigí istigh ar mo chúl agus troidfidh mé iad fad is a bheidh mé beo."

"Fan nóiméad!" a dúirt an Babhdán. Bhí sé ag smaoineamh céard ab fhearr a dhéanamh agus anois d'iarr sé ar an gCoillteoir barr an chrainn a bhí ar a dtaobh-san den díog a theascadh. Chuaigh an Coillteoir Stáin i mbun a thua gan mhoill agus díreach nuair a bhí an dá Chaileada beagnach anall, thit an crann de phlimp sa duibheagán agus na drochrudaí drannacha dochraí in éindí leis, agus rinneadh ciolar chiot díobh ar na carraigeacha spiacánacha thíos.

"Bhuel," arsa an Leon Cladhartha, agus osna fhada faoisimh á ligean aige, "is léir go mbeimid beo tamall beag eile, agus tá mé lánsásta faoi sin, nó caithfidh gur mí-chompordach an rud gan a bheith beo. Chuir na hain-mhithe sin a oiread scanraidh orm go bhfuil mo chroí fós ag preabarnach."

"Arú," arsa an Coillteoir Stáin agus meacan an bhróin ina ghlór, "is mairg gan croí le preabarnach agam."

Chuir an eachtra seo cruóg leis an bhfonn imeachta
as an gcoill a bhí ar na taistealaithe agus shiúil siad chomh
gasta sin gur tháinig tuirse ar Dhorataí agus bhí uirthi
marcaíocht ar dhroim an Leoin. Dá fhad a shiúil siad
b'amhlaidh ba ghainne a d'éirigh na crainn agus ba mhór
an chúis ríméid dóibh an rud, agus ansin sa trathnóna
tháinig siad ar abhainn leathan ina sruth mear os a
gcomhair. Ar an taobh thall den uisce chonaic siad bóthar

na mbrící buí ag síneadh trí thír álainn iathghlas a bhí breac le bláthanna beoga agus crainn faoi bharr maith torthaí ar feadh an bhóthair. Chuir sé gliondar orthu an tír aoibhinn seo a fheiceáil rompu.

"Conas a thrasnóimid an abhainn?" arsa Dorataí.

"Ní deacair a dhéanamh," arsa an Babhdán. "Caith-fidh an Coillteoir Stáin rafta a dhéanamh dúinn, mar sin rachaimid anonn ar snámh."

Rug an Coillteoir ar a thua agus chrom sé ar chrainn bheaga a leagan chun rafta a dhéanamh, agus le linn dó a bheith i mbun na hoibre seo d'aimsigh an Babhdán crann faoi bharr maith ar bhruach na habhann. Chuir seo áthas ar Dhorataí nó ní raibh rud ar bith ite aici an lá ar fad ach cnónna, agus rinne sí béile breá den toradh aibí.

Bhí an Coillteoir Stáin dlúsúil dothraochta, ach má bhí féin, is obair a chaitheann tamall í rafta a dhéanamh agus ní raibh sé críochnaithe go fóill nuair a rug an oíche orthu. Dá bhrí sin fuair siad log teolaí faoi na crainn agus chodail go maidin; agus rinne Dorataí brionglóidí ar Chathair na Smaragaidí agus ar Oz Asarlaí a sheolfadh ar ais chuig a baile féin í roimh i bhfad.

Caibidil VIII.
Gort na bPoipíní
Marfacha.

**O**ÍCHE SHÁMH A chaith siad agus ar éirí dóibh ar maidin bhí siad lán athbheochta agus dóchais, agus chaith Dorataí sáith banphrionsa de bhricfeasta, mar a bhí péitseoga is plumaí ó na crainn ar bhruach na habhann. Ar a gcúl bhí an choill dhorcha ar tháinig siad slán tríthi, d'ainneoin gach cur ina n-aghaidh; ach os a gcomhair bhí tír aoibhinn ghrianmhar a mheall chun cinn iad chuig Cathair na Smaragaidí.

Ba é fírinne an scéil go raibh siad scartha amach ón tír álainn seo ag an abhainn leathan. Ach bhí an rafta chóir a beith réidh, agus i ndiaidh don Choillteoir Stáin cúpla lomán eile a ghearradh agus a ghreamú dá chéile le cranntairní bhí siad ullamh chun imeacht. Shuigh Dorataí síos i lár an rafta agus Tótó ina baclainn aici. Nuair a chuaigh an Leon Cladhartha ar bord chlaon an rafta i leataobh go mór, nó bhí sé trom; ach sheas an Babhdán agus an Coillteoir Stáin ar an leataobh eile chun é a chothromú, agus bhí cleith fhada ina láimh acu chun an rafta a shá tríd an uisce.

Ba mhaith an dul chun chinn acu ar dtús, ach nuair a bhain siad lár na habhann amach chroch an sruth an rafta leis síos an abhainn, níos faide agus níos faide fós ó bhóthair na mbrící buí. Agus d'éirigh an t-uisce chomh domhain sin is nach ndeachaigh na cleitheanna fada go grinneall.

"Is olc an scéal é," arsa an Coillteoir Stáin, "nó mura n-éireoidh linn talamh a bhualadh crochfar muid go tír Dhroch-Chailleach an Iarthair, agus imreoidh sí siúd draíocht orainn agus cuirfidh sí i ndaoirse muid."

"Agus ansin dheamhan inchinn a gheobhainn," arsa an Babhdán.

"Agus dheamhan a rachainnse ar ais go Kansas," arsa Dorataí.

"Caithfimid Cathair na Smaragaidí a shroicheadh más féidir linn," arsa an Babhdán, agus sháigh sé a chleith chomh teann sin go ndeachaigh sí in ascar sa draoib i ngrinneall na habhann. Ansin, sular éirigh leis í a tharraingt amach—nó a scaoileadh uaidh—scuabadh an rafta chun shiúil, agus fágadh an Babhdán bocht agus greim an fhir bháite aige ar an gcleith i lár na habhann.

"Slán libh!" a ghlaoch sé ina ndiaidh, agus b'oth leo é a fhágáil. Leoga, bhris a ghol ar an gCoillteoir Stáin, ach ar an dea-uair chuimhnigh sé go ndéanfadh sé meirg agus thriomaigh sé a dheora ar naprún Dhorataí.

Ar ndóigh ba dona mar a d'éirigh don Bhabhdán.

"Is measa as anois mé ná mar a bhí mé sular casadh Dorataí orm," a shíl sé. "Ar chuaille i ngort arbhair a bhí mé an t-am sin, agus ar a laghad d'fhéadainn na préacháin a scanrú, mar dhea. Ach ní féidir go bhfuil maith ar bith i mBabhdán ar chleith i lár abhann. Is eagal liom nach mbeidh inchinn agam choíche tar éis an tsaoil!"

Síos an abhainn a d'imigh an rafta agus fágadh an Babhdán bocht i bhfad ina dhiaidh.

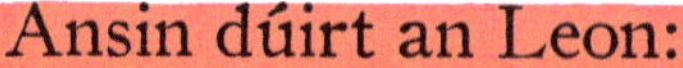

Ansin dúirt an Leon:

"Caithfear rud éigin a dhéanamh lenár sábháil. Sílim go dtiocfadh liom snámh i dtír agus an rafta a tharraingt liom, ach greim daingean a bheith agaibh ar bharr m'eireabaill."

Agus léim sé isteach san uisce, agus rug an Coillteoir Stáin greim docht ar a eireaball. Ansin thosaigh an Leon a shnámh le hiomlán a nirt i dtreo an bhruaigh. Breá mór agus mar a bhí sé, ba chrua an obair í; ach de réir a chéile tarraingíodh amach as an bhfeacht iad, agus ansin rug Dorataí ar chleith fhada an Choillteora Stáin agus chuidigh sí an rafta a shá i dtreo na talún.

Bhí siad uilig traochta nuair a bhain siad an bruach amach faoi dheireadh agus chuaigh siad i dtír ar fhéar deas gorm, agus bhí a fhios acu gurbh fhada thar bhóthar na mbrící buí go Cathair na Smaragaidí a scuab an sruth leis iad.

"Céard a dhéanfas muid anois?" arsa an Coillteoir Stáin, agus an Leon á shíneadh féin ar an bhféar go dtriomódh an ghrian é.

"Caithfimid an bóthar a fháil arís, ar chaoi éigin," arsa Dorataí.

"Ba é ab fhearr a dhéanamh ná siúl feadh bhruach na habhann go dtí go dtiocfaimid ar an mbóthar arís," a dúirt an Leon.

Mar sin, i ndiaidh dóibh a scíth a ligean, thóg Dorataí a ciseán agus chuaigh siad i gceann siúil ar feadh an bhruaigh fhéarmhair i dtreo an bhóthair ar scuab an abhainn iad amach uaidh.

B'álainn an tír í agus í lán bláthanna agus crann toraidh agus gréine agus ba mhór an sólás a bhain siad aisti; ach ab é go raibh trua acu don Bhabhdán bocht, bheidís lán-sásta.

Shiúil siad chomh géar is a bhí ina gcosa, gan Dorataí ag stopadh ach an uair amháin chun bláth álainn a stoitheadh; agus tar éis tamaill ghlaoigh an Coillteoir Stáin:

"Féachaigí!"

D'fhéach gach duine acu i dtreo na habhann agus chonaic an Babhdán in airde ar a chleith i lár an uisce, agus cuma uaigneach bhrónach air.

"Céard a dhéanfaimid chun é a tharrtháil?" arsa Dorataí.

Chroith an Leon agus an Coillteoir a gceann, nó ní raibh a fhios acu. Mar sin shuigh siad síos ar bhruach na habhann agus stán go mianchumhach ar an mBabhdán go dtí gur eitil Corr Bhán thart; nuair a chonaic sí iad stop sí i bhfianaise an uisce chun sos a thabhairt di féin.

"Cé sibhse agus cá bhfuil bhur siúl?" a d'fhiafraigh an Chorr Bhán díobh.

"Is mise Dorataí," arsa an cailín, "agus seo iad mo chuid cairde, an Coillteoir Stáin agus an Leon Cladhartha; agus táimid ag dul go Cathair na Smaragaidí."

"Ní hé seo an bóthar," arsa an Chorr Bhán agus í ag lúbadh a scrogaill agus ag amharc go géar ar an gcomhluadar aisteach.

"Tá a fhios agam," arsa Dorataí, "ach chaill muid an Babhdán agus táimid ag smaoineamh faoin gcaoi a bhfaighimid arís é."

"Agus cá bhfuil sé?" arsa an Chorr Bhán.

"Thall san abhainn," arsa an cailín.

"Mura mbeadh sé chomh mór trom sin gheobhainnse daoibh é," arsa an Chorr Bhán.

"Níl lá meáchain ann," arsa Dorataí go díocasach, "nó tá sé lán cocháin; agus má thugann tú ar ais chugainn é, beimid iontach buíoch go deo díot."

"Bhuel, bainfidh mé triail as," arsa an Chorr Bhán, "ach má bhíonn sé róthrom le hiompar beidh orm é a scaoileadh anuas san abhainn arís."

Leis sin, d'éirigh an t-éan mór san aer agus d'eitil os cionn an uisce go dtí gur tháinig sí ar an áit a raibh an Babhdán crochta ar a chleith. Ansin rug an Chorr Bhán greim gualainne ar an mBabhdán lena crága móra agus d'iompar suas san aer agus ar ais go bruach na habhann é mar a raibh Dorataí agus an Leon agus an Coillteoir Stáin agus Tótó ina suí.

Nuair a chonaic an Babhdán go raibh sé i measc a chairde arís bhí a oiread áthais air gur rug sé barróg orthu uilig, go fiú an Leon agus Tótó; agus iad ag siúl leo, chan sé "Tol-de-rí-de-ó!" le gach coiscéim dár thug sé, aigeanta agus mar a bhí sé.

"B'eagal dom go mbeadh orm fanacht san abhainn go deo na ndeor," ar seisean, "ach tharrtháil an Chorr Bhán charthanach mé, agus má fhaighim inchinn choíche cuardóidh mé an Chorr Bhán arís agus íocfaidh mé an comhar léi."

"Tá sé ceart go leor," arsa an Chorr Bhán, a bhí ag eitilt léi ina n-éineacht. "Is maith liom cuidiú a thabhairt do dhuine ar bith atá i ngátar. Ach anois caithfidh mé imeacht, nó tá mo leanaí ag fanacht liom sa nead. Tá súil

*Rug an Chorr Bhán greim gualainne air lena crága móra
agus d'iompar suas san aer é.*

agam go mbainfidh sibh Cathair na Smaragaidí amach agus go gcuideoidh Oz libh."

"Go raibh maith agat," arsa Dorataí, agus ansin d'éirigh an Chorr Bhán charthanach ar eiteog agus ba ghearr go raibh sí as radharc.

Shiúil siad leo ag tabhairt cluaise do cheiliúradh na n-éan tréandathach agus ag baint lán a súl as na bláthanna áille a bhí ina mbrat ar an talamh anois. Bláthanna móra a bhí ann agus scléip dathanna iontu, idir bhuí agus bhán agus ghorm agus chorcra, agus braislí móra poipíní scarlóideacha idir eatarthu a raibh a oiread suaithníocht ar a ndath gur bheag nár chuir siad léaspáin ar shúile Dhorataí.

"Nach álainn iad?" arsa an cailín agus í ag tarraingt isteach chumhracht spíosraithe na mbláthanna dathannacha.

"Is dóigh," arsa an Babhdán. "Nuair a bheidh inchinn agam, is dócha go bhfaighidh mé níos mó blais orthu."

"Faraor gan croí agam," arsa an Coillteoir Stáin, "nó ba bhreá liom iad."

"Is aoibhinn liom bláthanna," arsa an Leon. "Tá cuma chomh leochaileach lag orthu. Ach tá siad seo chomh glédhathach sin is nach bhfuil bláth inchurtha leo sa choill."

De réir a chéile chuaigh na poipíní móra scarlóideacha i líonmhaireacht agus chuaigh na bláthanna eile i laghad; agus roimh i bhfad fuair siad iad féin i lár cluana móire poipíní. Anois, tá a fhios ag an saol go bhfuil boladh na mbláthanna seo chomh cumhachtach sin, nuair atá a lán acu le chéile, go dtiteann an duine a ion-análaíonn é ina chodladh, agus mura dtugtar an codlatán amach ó

chumhracht na mbláthanna, codlóidh sé leis go brách.
Ach ní raibh a fhios sin ag Dorataí, ná ní raibh aon dul
amach aici as na bláthanna dearga a bhí thart timpeall
uirthi ar gach taobh; agus ar ball tháinig slám ar a súile
agus bhí fonn suite agus dul chun suain uirthi.

Ach níor lig an Coillteoir Stáin di é sin a dhéanamh.

"Caithfimid deifir a dhéanamh agus bóthar na mbrící
buí a bhaint amach arís roimh thitim na hoíche," ar
seisean; agus d'aontaigh an Babhdán leis. Mar
sin shiúil siad leo go dtí nach raibh Dorataí in
ann cos a chur thar an gcos eile. Bhí na súile
ag iamh uirthi dá hainneoin féin agus chaill sí
a ciall is a céadfaí agus thit i measc na bpoipíní
ina cnap codlata.

"Céard a dhéanfaimid?" arsa an Coillteoir
Stáin.

"Má fhágaimid anseo í ní bheidh i ndán di ach an bás," arsa an Leon. "Tá boladh na mbláthanna dár gcur ar an mbóthar fada. Tá mo shúile féin ag titim ar a chéile, agus tá an madra ina thoirchim suain cheana."

B'fhíor dó; bhí Tótó sínte taobh lena mháistreás bheag. Ach ó ba rud é nárbh as feoil a bhí an Babhdán agus an Coillteoir Stáin déanta, níor chuir cumhracht na mbláthanna isteach nó amach orthu.

"Rith go gasta," a dúirt an Babhdán leis an Leon, "agus gabh amach as an mbláthcheapach mharfach seo chomh luath agus is féidir. Tabharfaimidne an cailín beag linn, ach dá dtitfeása i do chodladh bheifeá ró-mhór le hiompar."

Mar sin chuir an Leon smoirt ann féin agus d'imigh sé de léim an méid a bhí ina chraiceann. Bhí sé as radharc i bhfaiteadh na súl.

"Déanaimis cathaoir dár lámha agus iompraímis í," arsa an Babhdán. Thóg siad Tótó agus chuir siad an madra in ucht Dhora-taí, agus ansin rinne siad cathaoir, a mbosa branra mar thóin agus a rítheacha mar thacaí uillinne, agus d'iompair siad an cailín ina codladh eatarthu tríd na bláthanna amach.

Shiúil siad leo gan stad gan staonadh agus shíl siad nach mbeadh deireadh choíche leis an mbrat bláthanna básúla a bhí de shíor ina dtimpeall. Lean siad an corradh san abhainn agus faoi dheireadh tháinig siad ar a gcara, an Leon, ina shrann chodlata i measc na bpoipíní. Fuair na bláthanna bua ar an mbeithíoch mór i ndeireadh na scríbe agus thit sé i mbun a chos achar gairid ó dheireadh na ceapaí poipíní, áit a raibh féar milis ar leathadh i bpáirceanna áille glasa rompu.

"Níl rud ar bith le déanamh ar a shon," a dúirt an Coillteoir Stáin go brónach; "nó tá sé i bhfad róthrom le hiompar. Caithfimid é a fhágáil anseo ina chodladh go síoraí, agus b'fhéidir go bhfaighidh sé an misneach faoi dheireadh ina mbrionglóidí."

"Tá brón orm," arsa an Babhdán. "Scoth comrádaí a bhí sa Leon, dá chlaidhreacht é. Ach ar aghaidh linn."

D'iompair siad an cailín ina codladh go háit dheas in aice na habhann, fada go leor ó ghort na bpoipíní is nach rachadh nimh na mbláthanna i bhfeidhm uirthi níos mó, agus lig siad anuas go réidh í ar an bhféar mín agus d'fhan siad go ndúiseodh an t-aithleá úr í.

Caibidil IX.
Banríon
na Luch Féir.

"**NÍ** FÉIDIR NÓ TÁIMID I nGAR DO bhóthar na mbrící buí anois," arsa an Babhdán agus é ina sheasamh taobh leis an gcailín, "nó tá a oiread siúlta againn, beag-nach, agus ar scuab an abhainn i bhfad muid."

Bhí an Coillteoir Stáin ar tí freagairt nuair a chuala sé dorsán beag, agus thiontaigh sé a cheann (a bhí ag oibriú go breá ar lúdracha) go bhfaca sé beithíoch aisteach ag teacht ar a léim lúith thar an bhféar chucu. Céard a bhí ann ach Fiachat mór crón, agus shíl an Coillteoir go gcaithfeadh go raibh rud éigin á sheilg aige, nó bhí a dhá chluais maolaithe ar a cheann agus bhí a dhá dhraid le feiceáil ina bhéal strabhsach agus bhí a dhá shúil dhearga ina gcaora tine. Nuair a tháinig sé níos gaire, chonaic an Coillteoir Stáin go raibh luchóg fhéir liath ina raon maidhme roimhe, agus cé nach raibh croí aige is amhlaidh go raibh a fhios aige gurbh olc an mhaise don Fhiachat a leithéid de chréatúirín caomh gan choir a mharú.

Mar sin d'ardaigh an Coillteoir a thua agus nuair a bhí an Fiachat ag rith thart thug sé buille tapa dó a bhain a chloigeann dá cholainn, agus d'iomlaisc sé ag a chosa ina dhá chuid.

Anois agus í fuascailte óna namhaid, stop an luch fhéir; dhruid sí go mall i leith an Choillteora agus dúirt de ghíog:

"Ó, go raibh maith agat! Go raibh céad míle maith agat as mo bheo a shábháil."

"Níl a bhuíochas ort, ní fiú trácht air," a dúirt an Coillteoir. "Níl croí agam, an dtuigeann tú, mar sin bím cáiréiseach lámh chuidithe a thabhairt dóibh siúd a mbeadh cara de dhíth orthu, más luch féin é."

"Luch, muise!" arsa an créatúr beag go diomúch. "Is Banríon mise, arú—Banríon na Luch Féir uilig!"

"Ó, go díreach," arsa an Coillteoir, agus d'umhlaigh sé.

"Mar sin is ardéacht agus gníomh gaisce a rinne tú nuair a shábháil tú mo bheo," arsa an Bhanríon.

Ansin chonacthas scata luch ag rith chucu chomh mear is a bhí ina gcosa beaga, agus nuair a chonaic siad a mBanríon dúirt siad d'aon ghuth:

"A Mhórgacht, shíl muid go marófaí thú! Cén chaoi ar éirigh leat imeacht le d'anam ar an bhFiachat mór?" Lútáil siad go léir go talamh don Bhanríon bheag agus shléacht siad chomh híseal is gur bheag nár fágadh ina seasamh ar a gceann iad.

"An fear aisteach stáin seo," a dúirt sí, "mharaigh sé an Fiachat agus thug sé ón mbás mé. Mar sin, as seo amach caithfidh sibh fónamh dó agus gach is toil leis a dhéanamh."

"Déanfaimid sin!" a dúirt na lucha caolghlóracha uilig as béal a chéile. Agus ansin tháinig scaipeadh na mionéan orthu, nó dhúisigh Tótó as a chodladh agus nuair a chonaic sé na lucha seo uilig thart timpeall air lig sé glamh áthais agus léim i measc na cóisire. Bhí suim riamh ag Tótó i ruaigeadh luch agus é ina chónaí i gKansas, agus ní raibh dochar ann, dar leis.

Ach rug an Coillteoir Stáin greim a dhá láimh ar an madra agus ghlaoigh sé ar na lucha, "Taraigí ar ais! Taraigí ar ais! Ní bhainfidh Tótó fogha ná easpa asaibh."

Leis sin sháigh Banríon na Luch a ceann aníos as tomóg féir agus d'fhiafraigh go faiteach:

"An bhfuil tú cinnte nach mbain- fidh sé greim asainn?"

"Ní ligfidh mé dó," arsa an Coillteoir; "mar sin ná bíodh eagla oraibh."

Théaltaigh siad ar ais ina luch agus ina luch, agus níor ghlam Tótó feasta, cé gur fhéach sé le héalú as greim an Choillteora, agus bhain- feadh sé greim as mura mbeadh a

fhios aige go maith gurb as stán a bhí sé déanta. Faoi dheoidh labhair ceann de na lucha ba mhó.

"An bhfuil rud ar bith a thig linn a dhéanamh," ar seisean, "i gcomaoin ár mBanríon a thabhairt slán?"

"Níl, go bhfios dom," arsa an Coillteoir. Bhí an Babhdán ag iarraidh smaoineamh, ach níor tháinig leis de bhrí go raibh a cheann lán cocháin, ach ansin dúirt sé go luath:

"Ó, tá; féadann sibh ár gcara a shábháil, mar atá an Leon Cladhartha atá ina chodladh i measc na bpoipíní."

"Leon!" arsa an Bhanríon bheag de bhéic. "Muise, ní foláir nó go n-íosfadh sé muid scun scan."

"Is beag an baol air," arsa an Babhdán; "níl sa Leon seo ach cladhaire."

"I ndáiríre?" arsa an Luch.

"É féin a deir é," arsa an Babhdán, "agus ní dhéanfadh sé dochar dá laghad do chara ar bith dár gcuid. Má chuidíonn sibh linn é a tharrtháil, geallaim daoibh go mbeidh sé ina cheann maith daoibh."

"Maith go leor," arsa an Bhanríon, "tá muinín againn asat. Ach céard a dhéanfaimid?"

"Na lucha seo a thugann Banríon ort agus atá umhal duit, an bhfuil siad mórán ann?"

"Tá cinnte; tá na mílte acu ann," ar sise.

"Cuir faoina gcoinne mar sin, go dtagaidís anseo chomh luath agus is féidir, agus go dtugadh gach luch acu píosa breá fada sreinge."

Labhair an Bhanríon leis na lucha a d'fhreastalaíodh í agus dúirt leo dul láithreach agus a pobal go léir a thionól. Chomh túisce is a chuala siad an t-ordú uaithi,

PLÁTA XI

scaip siad sna ceithre hairde fichead chomh géar is a bhí ina gcosa.

"Anois," a dúirt an Babhdán leis an gCoillteoir Stáin, "gabh tusa chuig na crainn siúd ag taobh na habhann agus déan trucail a iompródh an Leon."

Agus chuaigh an Coillteoir lom láithreach chuig na crainn agus chrom ar an obair; agus ba ghearr go raibh trucail déanta aige as géaga na gcrann, ar bhain sé na duilleoga agus na craobhacha díobh. Chuir sé le chéile é le cranntairní agus rinne sé na ceithre rotha as slisní stoic chrainn mhóir. D'oibrigh sé chomh gasta is chomh maith sin go raibh an trucail réidh cheana nuair a shroich na chéad lucha an áit.

Tháinig siad anoir agus aniar, agus bhí na mílte acu ann: lucha móra agus lucha beaga agus lucha meánacha, agus píosa sreinge ina béal ag gach luch acu. Agus b'shin an t-am ar dhúisigh Dorataí as a codladh mór agus ar oscail sí a súile. Bhí iontas an domhain uirthi nuair a chonaic sí go raibh sí ina luí ar an bhféar agus na mílte luch thart timpeall uirthi agus iad ag amharc go cúthail uirthi. Ach d'inis an Babhdán an scéal ar fad di agus ansin thiontaigh sé ar an Luch bheag dhíniteach agus dúirt:

"Cuirim in aithne duit a Mórgacht, an Bhanríon."

Chlaon Dorataí a ceann go sollúnta agus d'fheac an Bhanríon a glúin di, agus ina dhiaidh sin d'éirigh sí mór leis an gcailín beag.

Anois thosaigh an Babhdán agus an Coillteoir na lucha a cheangal den trucail leis na sreanga a thug siad leo. Cheangail siad ceann amháin den tsreang faoi mhuineál gach luiche agus cheangail an ceann eile de den trucail. Ar ndóigh bhí an míle oiread sa trucail agus a bhí i luch ar bith dá raibh ann lena tarraingt; ach nuair a bhí na lucha uilig faoi úim, bhí siad in ann í a tharraingt gan mórán stró. D'fhéad an Babhdán agus an Coillteoir féin a bheith ina suí uirthi, agus tharraing a gcapaillíní corra go luath iad chuig an áit a raibh an Leon ina thámhshuan codlata.

Bhí a lán dua acu chun an Leon a tharraingt aníos ar an trucail, nó bhí meáchan bocht ann, ach d'éirigh leo faoi dheireadh. Ansin d'ordaigh an Banríon go deifreach

dá pobal tosú, nó bhí eagla uirthi go dtitfeadh na lucha ina gcodladh freisin dá bhfanfaidís i bhfad i measc na bpoipíní.

Má b'iomadúil féin na créatúir bheaga, ba ar éigean a bhí siad in ann an trucail lánluchtaithe a bhogadh ar dtús; ach thug an Coillteoir agus an Babhdán turraing aniar agus d'éirigh níos fearr leo. Ba bheag gur ghluais siad an Leon amach as gort na bpoipíní go dtí na páirceanna glasa, áit a raibh aer úr cumhra le tarraingt isteach ina scamhóga aige seachas boladh nimhe na mbláthanna.

Tháinig Dorataí ina n-araicis agus ghabh sí buíochas ó chroí leis na luchóga beaga as a comrádaí a shábháil ar an mbás. Bhí áthas uirthi gur tarrtháladh an Leon mór, agus a oiread ceana is a thug sí dó.

Ansin scaoileadh na lucha ón trucail agus siúd leo go scodalach tríd an bhféar abhaile. Ba í Banríon na luch an luch is deireanaí a d'imigh.

"Má bhíonn gá agaibh linn arís," ar sise, "gabhaigí amach sa pháirc agus scairtigí orainn, agus cloisfimid sibh agus tiocfaimid chun cúnaimh oraibh. Slán agaibh!"

"Slán leat!" ar siadsan go léir, agus scinn an Bhanríon chun siúil, agus greim daingean ag Dorataí ar Thótó sula ritheadh sé ina diaidh agus scanradh a chur uirthi.

Tar éis sin shuigh siad síos taobh leis an Leon ag fanacht go ndúiseodh sé; agus rug an Babhdán torthaí chuig Dorataí ó chrainn in aice láimhe agus d'ith sí iad mar dhinnéar.

# Caibidil X.
# Coimeádaí
# an Gheata.

nDIAIDH DON LEON CLADHARTHA A BHEITH chomh fada sin sínte i measc na bpoipíní, agus a gcumhracht mharfach á hion-análú aige, bhí sé tamall maith ag dúiseacht; ach ar oscailt a shúile dó agus ar rolladh anuas den trucail dó bhí áthas an domhain air fáil amach go raibh sé fós beo.

"Rith mé chomh géar is a bhí i mo chosa," ar seisean, agus shuigh sé síos agus rinne méanfach, "ach fuair na bláthanna bua orm. Cén chaoi ar thug sibh slán as mé?"

D'inis siad dó faoi na lucha féir agus an dóigh ar shábháil siad go mórchroíoch ar an mbás é; agus lig an Leon Cladhartha gáire agus dúirt sé:

"Bhí meas an ruda mhóir mhillteanaigh riamh agam orm féin; ach bhí mé i riocht báis ag rudaí chomh beag bídeach le bláthanna, agus tá mé tugtha slán ag ainmhithe chomh beag bídeach le lucha. Nach aisteach an scéal é! Ach, a chomrádaithe, cad é a dhéanfaimid anois?"

"Caithfimid triall linn go dtí go dtiocfaimid ar bhóthar na mbrící buí arís," arsa Dorataí, "agus ansin ar aghaidh linn go Cathair na Smaragaidí."

Mar sin de, agus athbheocht sa Leon agus é ar a sheanléim arís, thosaigh siad ar a dtriall, agus ba bhreá leo an féar bog úr faoina gcosa; agus níorbh fhada gur tháinig siad ar bhóthar na mbrící buí agus thug siad a n-aghaidh ar Chathair na Smaragaidí, áit chónaithe Oz Mhóir.

Bhí an bóthar réidh anois agus é pábháilte go maith, agus bhí an tír máguaird álainn, agus chuir sé ríméad ar na taistealaithe an choill a fhágáil i bhfad ina ndiaidh, agus na contúirtí iomadúla a casadh ina mbealach ina scáthanna gruama in éineacht léi. Bhí claíocha le feiceáil arís le taobh an bhóthair; ach bhí dath uaine

orthu sin, agus nuair a tháinig siad ar theach beag, ar léir
go raibh feirmeoir ina chónaí ann, bhí dath uaine air siúd
freisin. Chuaigh siad thar chuid mhaith de thithe mar sin
i rith an tráthnóna, agus uaireanta thagadh daoine chuig
an doras agus d'amharcadh orthu mar a bheadh ceist acu
orthu; ach ní dhruideadh duine ar bith ina gcóngar ná
chuireadh ceiliúr orthu mar gheall ar an Leon mór, a
raibh eagla a gcroí orthu roimhe. Bhí uaine galánta
smaragaide ar éadaí na ndaoine go léir, agus hata gobach
orthu fearacht na Muinscineach.

"Ní foláir nó gurb é seo Tír Oz," arsa Dorataí, "agus
ní féidir nó go bhfuilimid ag tarraingt ar Chathair na
Smaragaidí."

"Is dócha é," arsa an Babhdán. "Tá gach rud uaine
anseo, ach i dtír na Muinscineach dath gorm a bhí ar gach
uile rud. Ach níl na daoine chomh
cairdiúil anseo agus a bhí na
Muinscinigh, agus is eagal liom
nach mbeidh lóistín oíche le fáil
againn."

"Ba mhaith liom rud a ithe
seachas torthaí," arsa an cailín,
"agus tá mé cinnte go bhfuil Tótó
beagnach stiúgtha leis an ocras.
Stopaimis ag an gcéad teach eile
agus labhraímis leis na daoine."

Mar sin de, nuair a tháinig
siad ar theach feirme leathmhór
go maith, shiúil Dorataí go mór-
uchtúil go dtí an doras agus

bhuail sí cnag air. Thug bean faonoscailt ar an doras an méid is go dtiocfadh léi gliúcaíocht amach agus dúirt:

"Cad é atá uait, a linbh, agus cén fáth a bhfuil an Leon mór sin i do chuideachta?"

"Ba mhian linn an oíche a chaitheamh in éindí libh, más féidir," arsa Dorataí; "agus is cara agus comrádaí dom an Leon agus ní ghortódh sé thú ar ór an tsaoil."

"An bhfuil sé ceansa?" arsa an bhean, agus í ag oscailt an doras beagáinín eile.

"Ó, tá," arsa an cailín, "agus is mór an cladhaire é freisin. Beidh níos mó eagla airsean romhatsa ná a bheadh ortsa roimhesean."

"Bhuel," arsa an bhean, i ndiaidh di a machnamh a dhéanamh agus spléachadh ar an Leon arís, "más amhlaidh atá sé, gabhaigí isteach agus tabharfaidh mé greim suipéir agus áit codlata daoibh."

Mar sin de, isteach leo uilig sa teach mar a raibh, seachas an bhean, beirt pháistí agus fear. Bhí a chos gortaithe ag an bhfear agus bhí sé ina luí ar tholg sa chúinne. Ba mhór an t-ionadh orthu comhluadar chomh haisteach sin a fheiceáil, agus le linn don bhean an bord a fheistiú chun béile, d'fhiafraigh an fear:

"Cá bhfuil bhur dtriall?"

"Chuig Cathair na Smaragaidí," arsa Dorataí, "le dul chun cainte le hOz Mór."

"Ó, muise!" arsa an fear. "An bhfuil sibh cinnte go labhróidh Oz libhse?"

"Agus cén fáth nach labhródh?" ar sise.

"Bhuel, deirtear nach ligeann sé in uair ar bith duine ar bith isteach ina láthair. Is iomaí uair a bhí mé i gCathair na Smaragaidí, agus is álainn iontach an áit é;

ach níor tugadh cead dom riamh Oz Mór a fheiceáil, ná níl duine ar bith beo ar m'eolas a chonaic é."

"Nach dtéann sé amach ar chor ar bith?" arsa an Babhdán.

"Ní théann ná baol air. Bíonn sé ina shuí lá i ndiaidh lae i Seomra na Ríchathaoireach sa Phálás, agus fiú iad siúd a fhreastalaíonn air, ní bhíonn siad ar chor ar bith ina láthair."

"Cén chuma atá air?" arsa an cailín.

"Tá sé deacair a rá," arsa an fear go machnamhach. "Is Asarlaí Mór é Oz, an dtuigeann tú, agus féadann sé pé cuma a ba mhian leis a chur air féin. Mar sin deir daoine áirithe go bhfuil cuma éin air; deir daoine eile go bhfuil cuma eilifinte air; agus deir daoine eile fós go bhfuil cuma cait air. Dar le daoine eile tá cosúlacht sióige áille nó gruagaigh air, nó cibé cruth eile a thaitníonn leis. Ach cé hé an tOz ceart, agus é ina chruth féin, níl a fhios ag duine beo."

"Nach aisteach an scéal é," arsa Dorataí, "ach caithfimid iarracht a dhéanamh, ar bhealach amháin nó ar bhealach eile, dul chun cainte leis, é sin nó beidh turas in aisce déanta againn."

"Cén fáth a bhfuil sibh ag iarraidh caint le hOz uafásach ar chor ar bith?" arsa an fear.

"Tá mise ag iarraidh air inchinn a thabhairt dom," arsa an Babhdán go díograiseach.

"Och, bheadh sé sin furasta go leor ag Oz," arsa an fear. "Tá a dhóthain mhór d'inchinn aige."

"Agus tá mise ag iarraidh air croí a thabhairt dom," arsa an Coillteoir Stáin.

"Ní chuirfidh sin as dó," arsa an fear, "nó tá bailiúchán mór croíthe ag Oz, de gach aon saghas."

"Agus tá mise ag iarraidh air misneach a thabhairt dom," arsa an Leon Cladhartha.

"Tá pota mór misnigh ag Oz i Seomra na Rí-chathaoireach," arsa an fear, "agus pláta ór á chlúdach chun nach dtéann sé thar maol. Beidh sé lánsásta braon de a thabhairt duit."

"Agus tá mise ag iarraidh air mé féin a thabhairt ar ais go Kansas," arsa Dorataí.

"Cá háit a bhfuil Kansas?" arsa an fear, agus ionadh air.

"Níl a fhios agam," arsa Dorataí go brónach, "ach is é mo bhaile féin é, agus tá mé cinnte go bhfuil sé in áit éigin."

"Is dócha é. Bhuel, tá gach uile rud ar chumas Oz; mar sin, is dóigh liom go bhfaighidh sé Kansas duit. Ach caithfidh sibh cead isteach a fháil ar dtús, agus beidh sin deacair oraibh; nó is leasc leis an Asarlaí Mór labhairt le duine ar bith, agus bíonn cead a chinn aige go hiondúil. Ach cad é atá TUSA a iarraidh?" a dúirt sé le Tótó. Ní dhearna Tótó ach a eireaball a chroitheadh; nó, más iontach le rá é, ní raibh caint aige.

*D'ith an Leon beagán den leite.*

Ghlaoigh an bhean orthu anois go raibh an suipéar réidh, agus shuigh siad isteach chun boird agus d'ith Dorataí leite blasta agus mias uibheacha scrofa agus pláta aráin bháin, agus nach ise a bhain sult as a cuid! D'ith an Leon beagán den leite, ach níor thaitin sí leis, dar leis gur cothú capaill é coirce agus ní cothú leoin. Níor ith an Babhdán ná an Coillteoir Stáin rud ar bith. D'ith Tótó beagán de gach aon rud, agus bhí sé sásta suipéar maith a chaitheamh arís.

Ansin thug an bhean leaba do Dhorataí le codladh inti, agus luigh Tótó síos taobh léi, agus ghardáil an Leon doras an tseomra chun nach gcuirfí isteach uirthi. Sheas an Babhdán agus an Coillteoir Stáin i gcúinne agus d'fhan siad ina dtost an oíche ar fad, cé nach raibh siad in ann codladh, ar ndóigh.

Maidin an lá dár gcionn, le fáinne an lae, thosaigh siad ar a mbealach, agus ba bheag gur chonaic siad luisne uaine sa spéir rompu.

"Is é is dóiche gurb é sin Cathair na Smaragaidí," arsa Dorataí.

Shiúil siad leo agus d'éirigh an luisne uaine níos glé agus níos glé, agus bhí gach dealramh air go raibh siad ag tarraingt ar a gceann scríbe faoi dheireadh thiar thall. Ach bhí an tráthnóna ann sular tháinig siad ar an mballa mór timpeall ar an gCathair. Bhí sé ard domhain agus dath glasuaine air.

Os a gcomhar, ag ceann bhóthar na mbrící buí, bhí geata mór buailte ó bhun go barr le smaragaidí a raibh a oiread ruithne astu faoin ngrian nó go mbainfidís an radharc fiú as súile péinteáilte an Bhabhdáin.

Bhí cloigín in aice an gheata, agus bhrúigh Dorataí an cnaipe agus chuala sí clingireacht ghlinn taobh istigh. Ansin leath an geata mór go réidh, agus chuaigh siad uilig thar an tairseach isteach i seomra ard stuach a raibh a mballaí ar drithliú le smaragaidí gan áireamh.

Os a gcomhar bhí firín beag a bhí ar comh-ard le Muinscineach. Bhí sé faoi éadach uaine, ó bhaithis a chinn go bonn a chos, agus bhí imir scothghlas ar a chraiceann féin. Bhí bosca mór uaine ag a thaobh.

Ar fheiceáil Dorataí agus a cuid compánach dó, d'fhiafraigh an firín díbh:

"Céard ba toil libh i gCathair na Smaragaidí?"

"Thángamar chun labhairt le hOz Mór," arsa Dorataí.

Chuir an freagra sin a oiread ionaidh ar an bhfear gur shuigh sé síos chun a mhachnamh a dhéanamh air.

"Tá blianta fada ó d'iarr duine orm dul chun cainte le hOz," ar seisean, agus é ag croitheadh a chinn le teann mearbhaill. "Is cumhachtach uafásach é, agus más ag cur

isteach ar a chuid machnaimh ar son teachtaireachta baoithe nó fánaí atá sibh, d'fhéadfadh fearg a theacht air agus scriosfadh sé sibh go léir i bhfaiteadh na súl."

"Ach ní teachtaireacht bhaoth ná teachtaireacht fhánach a bhfuil muid ina bun," arsa an Babhdán; "Is teachtaireacht thábhachtach í. Agus dúradh linn gur Asarlaí maith é Oz."

"Agus is amhlaidh gurb ea," arsa an firín glas, "agus rialaíonn sé Cathair na Smaragaidí go críonna stuama. Ach dóibh siúd nach bhfuil ionraic, nó a thagann chuige le teann fiosrachta, tá sé thar a bheith uafásach, agus is beag duine a d'iarr a aghaidh a fheiceáil. Is mise Coimeádaí an Gheata, agus ós amhlaidh go n-iarrann sibh labhairt le hOz Mór tá orm sibh a thionlacan chun a Pháláis. Ach roimhe sin caithfidh sibh na spéaclaí a chur oraibh."

"Cén fáth?" arsa Dorataí.

"Óir mura gcaithfeadh sibh spéaclaí, dhallfadh gile agus glóir Chathair na Smar- agaidí sibh. Go fiú iad siúd a chónaíonn sa Chathair, bíonn orthu spéaclaí a chaitheamh de lá agus d'oíche. Tá siad go léir glas- áilte ar chloigeann na ndaoine, óir is mar sin a d'ordaigh Oz nuair a tógadh an Chathair an chéad lá riamh, agus is agamsa an t-aon eochair amháin a bhainfeadh an glas."

D'oscail sé an bosca mór, agus chonaic Dorataí go raibh sé lán spéaclaí de gach saghas. Bhí gloiní uaine iontu uilig. D'aimsigh Coimeádaí an Gheata péire a d'oir do Dhorataí agus chuir sé ar a súile iad. Bhí dhá bhanda órga orthu a chuaigh siar agus a glasáladh ag cúl a cinn le heochair bheag a bhí ar shlabhra a chaitheadh Coimeádaí an Gheata thart ar a mhuineál. Nuair a bhí siad uirthi, níor fhéad Dorataí iad a bhaint di fiú dá mba mhian léi, ach ar ndóigh níor mhian léi na súile a bhaint aisti le dallrú Chathair na Smaragaidí, agus mar sin ní dúirt sí tada.

Ansin fuair an firín uaine spéaclaí a bhí oiriúnach don Bhabhdán agus don Choillteoir Stáin agus don Leon, agus do Thótó beag féin; agus chuir sé glas orthu uilig leis an eochair.

Ansin chuir Coimeádaí an Gheata a spéaclaí féin air agus dúirt leo go raibh sé réidh iad a thionlacan chun an Pháláis. Thóg sé eochair mhór órga de phionna ar an mballa, d'oscail sé geata eile, agus lean siad uilig é tríd an doras amach go sráideanna Chathair na Smaragaidí.

# Caibidil XI.
## Cathair Iontach Smaragaide OZ.

# Éifeachtúil

AGUS UILE MAR A BHÍ NA SPÉACLAÍ cosanta uaine, ba bheag nach raibh Dorataí agus a cairde dallraithe ag loinnir na Cathrach iontaí ar dtús. Bhí tithe áille feadh na sráideanna ar gach taobh, iad uilig déanta de mharmar uaine agus breactha le smaragaidí drithleacha. Bhí cosán den mharmar uaine céanna faoina gcosa, agus líne smaragaidí idir leac amháin agus leac eile, iad dlúth le chéile agus ag spréacharnach faoi ghile na gréine. Bhí pánaí gloine uaine sna fuinneoga; os cionn na Cathrach bhí imir uaine sa spéir féin, agus ba uaine na gathanna gréine.

Bhí a lán daoine, idir fhir, mhná agus pháistí, ag siúl thart agus iad uilig faoi éadach uaine agus lí uaine ar a gcraiceann. D'amharc siad faoi iontas ar Dhorataí agus ar an ilchumasc aisteach de chompánaigh a bhí aici, agus theith na páistí uilig agus chuaigh i bhfolach ar chúl a máthar nuair a chonaic siad an Leon; ach níor labhair duine ar bith leo. Bhí a lán siopaí ann, agus chonaic Dorataí go raibh gach rud uaine iontu. Bhí milseáin uaine agus grán rósta uaine le díol, agus bróga uaine, hataí uaine agus gach sórt éadaí uaine. In áit amháin bhí fear ag díol líomanáid uaine, agus nuair a cheannaíodh na páistí í chonaic Dorataí go n-íocaidís aisti le pinginí uaine.

Chonacthas di nach raibh capaill nó aon chineál ainmhithe ann; D'iompraíodh na fir rudaí i gcairteacha beaga uaine a bhrúidís rompu. Bhí cuma an tsonais agus an tsó agus an tséin ar gach aon duine.

Ghiollaigh Coimeádaí an Gheata iad tríd na sráideanna go dtí gur tháinig siad ar fhoirgneamh mór i gceartlár na Cathrach, mar a bhí Pálás Oz, an tAsarlaí Mór. Bhí saighdiúir ag an doras, é faoi éide uaine agus féasóg fhada uaine air.

"Seo strainséirí," arsa Coimeádaí an Gheata leis, "agus tá siad ag iarraidh dul chun cainte le hOz Mór."

"Taraigí isteach," arsa an saighdiúir, "agus tabharfaidh mé bhur dteachtaireacht dó."

Agus chuaigh siad Geata an Pháláis isteach agus tionlacadh iad go seomra mór a raibh cairpéad uaine agus troscán deas uaine buailte le smaragaidí ann. Thug an saighdiúir orthu a gcosa a ghlanadh ar mhata uaine sula ndeachaigh siad isteach sa tseomra seo, agus nuair a bhí siad ina suí dúirt sé go múinte:

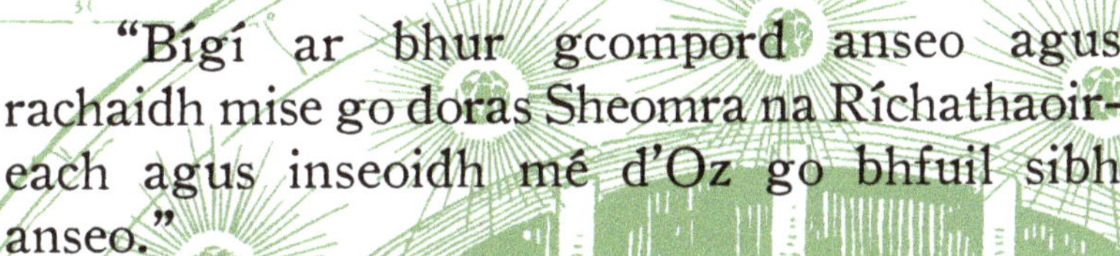

"Bígí ar bhur gcompord anseo agus rachaidh mise go doras Sheomra na Ríchathaoir- each agus inseoidh mé d'Oz go bhfuil sibh anseo."

Bhí go leor le fanacht acu sular fhill an saighdiúir. Nuair a tháinig sé ar ais faoi dheireadh thall, d'fhiafraigh Dorataí:

"An bhfaca tú Oz?"

"Ní fhaca, muise," arsa an saighdiúir; "ní fhaca mé riamh é. Ach labhair mé leis agus é taobh thiar dá scáthlán agus thug mé bhur dteachtaireacht dó. Dúirt sé go dtabharfaidh sé éisteacht daoibh, más mian libh; ach beidh ar gach duine agaibh dul isteach chuige ina aonar, agus ní ligfidh sé isteach ach duine in aghaidh an lae. Mar sin de, ós rud é go mbeidh oraibh fanacht sa Phálás go ceann roinnt laethanta, tabharfaidh mé chuig seomraí sibh mar a bhféadfaidh sibh bhur scíth a ligean go compordach i ndiaidh bhur dturais."

"Go raibh maith agat," arsa an cailín; "is cineálta an mhaise d'Oz é."

Shéid an saighdiúir feadóg uaine, agus tháinig cailín óg isteach sa tseomra, í gléasta i ngúna gleoite de shíoda uaine. Bhí gruaig álainn uaine uirthi agus súile glasa, agus d'umhlaigh sí go talamh roimh Dorataí agus dúirt:

"Lean mé agus tabharfaidh mé chuig do sheomra thú."

D'fhág Dorataí slán ag a cairde uilig, seachas Tótó. Thóg sí an madra ina baclainn agus lean sí an cailín uaine trí sheacht gcaolbhealach agus suas trí rith staighrí go dtí gur tháinig siad go seomra i dtosach an Pháláis. Ba é an seomra ba ghleoite ar domhan é. Bhí leaba bhog chompordach ann agus braillín síoda uaine is cuilt veilbhit uaine uirthi. Bhí scairdeán beag bídeach i lár an tseomra a scairdeadh cáitheadh cumhráin uaine aníos san aer go dtiteadh sé anuas in umar a bhí snoite go hálainn as marmar uaine. Bhí bláthanna gleoite uaine ag na fuinneoga, agus bhí seilf ann agus sraith leabhar beag uaine uirthi. Nuair a bhí an t-am ag Dorataí le hamharc ar na leabhair seo, chonaic sí go raibh siad lán pictiúr aisteach uaine a bhain gáire aisti, chomh greannmhar agus a bhí siad.

Sa vardrús bhí a lán gúnaí uaine, de shíoda agus de shról agus de veilbhit; agus d'oir siad go léir do Dhorataí.

"Bí ar do sháimhín só anseo mar a bheifeá agat féin," arsa an cailín uaine, "agus má tá rud ar bith uait, buail an clog. Cuirfidh Oz fios ort maidin amárach."

D'fhág sí Dorataí léi féin agus d'fhill sí ar an gcuid eile díobh. Thug sí chuig seomraí iadsan freisin, agus bhí gach duine acu ar lóistín in áit an-deas taobh istigh den Phálás. Ar ndóigh ba saothar in aisce é an cineáltas seo a dhéanamh ar an mBabhdán; nó nuair a bhí sé leis féin sa tseomra sheas sé go bómánta in aon bhall, le hais an doras, ag fanacht leis an mhaidin. Ní chuirfeadh sé an scíth di a chnámha a shíneadh, agus ní raibh dúnadh ar a shúile; mar sin de d'fhan sé an oíche ar fad ag stánadh ar dhamhán alla beag a bhí ag fí a théada i gcúinne den tseomra, beag beann air gur cheann de na seomraí ab áille ar domhan a bhí ann. Shín an Coillteoir Stáin faoi ar an leaba de bharr cleachtaidh, nó ba chuimhin leis an t-am a bhí sé i bhfeoil; ach ós rud é nach raibh sé in ann codladh, chaith sé an oíche ag bogadh a chuid alt siar agus aniar chun iad a choinneáil ag oibriú go maith. B'fhearr leis an Leon easair duilleog sheargtha sa choill agus níor mhaith leis a bheith faoi ghlas i seomra; ach bhí an chiall aige agus níor lig sé do sin lá buartha a chur air, agus léim sé suas ar an leaba agus chuach sé é féin ar nós cait agus chealg sé é féin le crónán, agus i gceann nóiméid bhí sé ina chodladh.

Maidin an lá dár gcionn, i ndiaidh bricfeasta, tháinig an bhruinneall uaine faoi dhéin Dhorataí, agus ghléas sí í i gceann de na gúnaí ba ghleoite, déanta de shról broicéadaithe uaine. Chuir Dorataí naprún síoda uaine uirthi agus chuir sí ribín uaine faoi mhuineál Thótó, agus chuaigh siad i dtreo Sheomra Ríchathaoir Oz Mhóir.

Tháinig siad go halla mór ar dtús ina raibh mórán ban agus fear uaisle na cúirte, iad uilig gléasta i gcultacha costasacha. Ní raibh le déanamh ag na daoine seo ach caint le chéile, ach thagaidís i dtólamh le fanacht taobh amuigh de Sheomra na

Ríchathaoireach gach maidin, cé nár ceadaíodh dóibh riamh dul isteach chuig Oz. Ar theacht isteach do Dhorataí d'amharc siad go fiosrach uirthi, agus dúirt duine acu os íseal:

"An fíor go bhféachfaidh tú ar ghnúis Oz Uafásaigh?"

"Cén fáth nach bhféachfainn?" arsa an cailín, "má ligeann sé isteach mé."

"Ó, ligfidh," arsa an saighdiúir a thug a teachtaireacht don Asarlaí an lá roimhe sin, "cé nach maith leis go n-iarrann daoine labhairt leis. Leoga tháinig fearg air ar dtús agus dúirt sé liom tú a chur ar ais go dtí an áit as ar tháinig tú. Ansin d'fhiafraigh sé díom cén chuma a bhí ort, agus nuair a luaigh mé do chuid bróg airgid ba mhór an tsuim a chuir sé iontu. I ndeireadh báire d'inis mé dó faoin mball ar d'éadan, agus chinn sé tú a ligean isteach ina láthair."

Díreach ansin baineadh clog, agus dúirt an cailín uaine le Dorataí:

"Sin é an comhartha. Caithfidh tú dul isteach i Seomra na Ríchathaoireach leat féin."

D'oscail sí doras beag. Shiúil Dorataí tríd go misniúil agus nárbh iontach an áit ar tháinig sí inti. Seomra mór cruinn a bhí ann agus síleáil ard stuach air, agus smaragaidí móra neadaithe go dlúth sna ballaí agus sa tsíleáil agus san urlár. I lár na síleála bhí solas mór, é chomh geal leis an ngrian, a bhain glioscarnach ghalánta as na smaragaidí.

Ach ba é an rud is mó a chuir Dorataí suim ann ná an ríchathaoir mhór as marmar uaine a bhí i lár an tseomra. Bhí cruth cathaoireach uirthi agus í drithleach

*D'fhéach na súile go machnamhach uirthi.*

le seoda mar aon le gach rud eile. I lár na cathaoireach bhí Cloigeann ollmhór, gan colainn lena choinneáil suas, gan lámha gan chosa gan faic. Ribe ní raibh ar a mhaol ach bhí súile agus srón agus béal ann, agus dá mhéad cloigeann an fhathaigh ba mhó, ba bheag é le hais an Chloiginn seo.

Chuir an Cloigeann uafás agus iontas ar Dhorataí agus le linn di lán a súl a bhaint as d'iompaigh a shúile-sean go mall agus d'amharc siad go géar daingean uirthi. Ansin d'oscail an béal agus chuala Dorataí glór:

"Is mise Oz Ollmhór Uafásach. Cé thusa, agus céard atá á lorg agat orm?"

Ní raibh an glór leath chomh huafásach agus a raibh súil aici as Cloigeann chomh mór sin; mar sin mhúscail sí a misneach agus d'fhreagair:

"Is mise Dorataí Bheag Mhacánta agus ar lorg do chuidithe atá mé."

D'fhéach na súile go machnamhach uirthi go ceann nóiméid iomláin. Ansin dúirt an glór:

"Cá bhfuair tú na bróga airgid?"

"Fuair mé ó Dhroch-Chailleach an Oirthir iad, nuair a thit mo theach uirthi agus a mharaigh í," ar sise.

"Cá bhfuair tú an ball ar d'éadan?" arsa an glór leis.

"Sin an áit ar phóg Dea-Chailleach an Tuaiscirt mé nuair a chuir sí slán liom agus í do mo chur chugatsa," arsa an cailín.

D'amharc na súile uirthi go géar arís, agus chonaic siad go raibh an fhírinne aici. Ansin d'fhiafraigh Oz:

"Céard ba mhian leat mé a dhéanamh?"

"Mé a sheoladh ar ais go Kansas, mar a bhfuil m'aintín Eim agus m'uncail Anraí," ar sise go dúthrachtach. "Ní maith liom do thír, más álainn féin í, agus táim suite siúráilte go bhfuil m'aintín Eim cráite céasta agus mé as baile chomh fada seo."

Sméid na súile faoi thrí agus thiontaigh siad suas i dtreo na síleála agus síos i dtreo an urláir agus chas siad timpeall ar mhodh chomh haisteach is go sílfeá go bhfeicfidís gach cearn is gach clúid den tseomra. Agus faoi dheireadh d'amharc siad ar Dhorataí arís.

"Agus cén fáth a ba chóir dom sin a dhéanamh duit?" a d'fhiafraigh Oz.

"Toisc go bhfuil tusa láidir agus mise lag; toisc gur Asarlaí Mór thusa agus níl ionamsa ach cailín beag."

"Ach bhí tú láidir go leor chun Droch-Chailleach an Oirthir a mharú," arsa Oz.

"Tharla ann agus níor tharla as é sin," arsa Dorataí mar fhreagra air; "ní raibh neart agam air."

"Bhuel," arsa an Cloigeann, "seo duit mo fhreagra. Níl sé de cheart agat iarraidh orm tú a sheoladh ar ais go Kansas ach a roinnfidh tú an comhar liom. Sa tír seo bíonn ar gach duine íoc as a bhfaigheann sé. Más mian leat go mbainfinn úsáid as mo chuid draíochta agus tú a sheoladh abhaile, caithfidh tú rud a dhéanamh domsa ar dtús. Dlíonn comaoin cúiteamh."

"Céard atá le déanamh agam?" arsa an cailín.

"Droch-Chailleach an Iarthair a mharú," arsa Oz.

"Ach ní fhéadaim!" arsa Dorataí in ard a gutha, agus iontas mór uirthi.

"Mharaigh tú Droch-Chailleach an Oirthir agus tá a bróga airgid ort, agus is mór an draíocht atá iontu. Níl ach Droch-Chailleach amháin fágtha sa tír seo go léir, agus nuair a inseoidh tú dom go bhfuil sí marbh seolfaidh mé ar ais go Kansas thú—ach ní roimhe sin.”

Bhris a gol ar an ngirseach bheag, a oiread díomá is a bhí uirthi; agus sméid na súile arís agus d'amharc siad uirthi go míshuaimhneach, mar a shamhlófaí d'Oz Mór go gcuideodh sí leis dá dtiocfadh léi.

“Níor mharaigh mé tada, go toilteanach,” ar sise trí ghol. “Fiú dá mba mhian liom, conas a mharóinn an Droch-Chailleach? Mura bhfuil tú féin in ann í a mharú, Ollmhór Uafásach agus mar atá tú, conas is dóigh leat a mharóinnse í?”

“Níl a fhios agam,” arsa an Cloigeann; “ach sin é mo fhreagra, agus d'aintín ná d'uncail ní fheicfidh tú arís go dtí go marófar an Droch-Chailleach. Coinnigh cuimhne air gurb Olc an Droch-Chailleach—Olc Urchóideach Ainbheartach—agus ba chóir í a mharú. Tóg ort anois, agus ná fill chugam go dtí go mbeidh d'obair déanta agat.”

D'fhág Dorataí Seomra na Rí-chathaoireach go dubhach. D'fhill sí mar a raibh an Leon agus an Babhdán agus an Coillteoir Stáin ag fanacht le clois-teáil an méid a dúirt Oz léi. “Níl seans faoin spéir agam,” ar sise go brón-ach, “nó ní sheolfaidh Oz

abhaile mé go dtí go maróidh mé Droch-Chailleach an Iarthair; agus sin rud nach bhféadaim a dhéanamh ar chor ar bith."

Bhí trua ag a cairde di, ach ní raibh neart acu air; mar sin chuaigh Dorataí chuig a seomra féin agus luigh ar an leaba agus thit a codladh uirthi le caoineadh.

Maidin lá arna mhárach, tháinig saighdiúir na féasóige uaine faoi dhéin an Bhabhdáin agus dúirt:

"Téana liom, óir chuir Oz faoi do choinne."

Agus lean an Babhdán é agus ligeadh isteach i Seomra na Ríchathaoireach é agus ansin cé a chonaic sé ina suí ar an ríchathaoir smaragaide ach Spéirbhean álainn. Bhí sí gléasta in uige uaine síoda agus mionn seod ar a ciabhfholt craobhach uaine. Bhí eiteoga ar a guaillí agus dath maisiúil orthu agus iad chomh héadrom is go rachaidís ar foluain dá mbainfeadh oiread agus leoithne gaoithe dóibh.

D'umhlaigh an Babhdán os comhair an tsampla scéimhe seo, chomh caoin agus a d'fhéad sé ag an stuáil cocháin a bhí ann. D'amharc sí air go dáimhiúil agus dúirt:

"Is mise Oz Ollmhór Uafásach. Cé thusa, agus céard atá á lorg agat orm?"

Bhí coinne ag an mBabhdán an Cloigeann mór a fheiceáil mar ar inis Dorataí dó, agus dá bhrí sin ba mhór an t-iontas air; ach d'fhreagair sé go misniúil í.

"Níl ionam ach Babhdán, agus mé lán cocháin. Mar sin de, níl inchinn dá laghad agam agus tháinig mé chugat ag impí go gcuire tú inchinn i mo chloigeann in áit cocháin, ionas go mbeidh mé i m'fhear a oiread agus fear ar bith eile sna críocha seo."

"Agus cén fáth a ba chóir dom é sin a dhéanamh duit?" arsa an Spéirbhean.

"Toisc gur críonna cumasach thú agus níl duine ar bith eile atá in inmhe mo chuidithe," arsa an Babhdán.

"Ní dhéanaim comaoin gan chúiteamh," arsa Oz; "ach geallaim duit an méid seo. Tá, má mharóidh tú Droch-Chailleach an Iarthair ar mo shon, bronnfaidh mé scoth na hinchinne ort agus beidh tú cliste de bharr ar aon duine eile i dTír Oz go léir, a leithéid d'inchinn a bheidh agat."

"Tuigeadh dom gur iarr tú ar Dhorataí an Droch-Chailleach a mharú," arsa an Babhdán, agus iontas air.

"Agus tuigeadh an ceart duit. Is cuma liom cé a mharóidh í. Ach ní bhfaighidh tú iarraidh do bhéil fad is beo dise. Tóg ort anois agus ná tar ar mo lorg arís go dtí go mbeidh an inchinn a bhfuil tú ag tnúth léi tuillte agat."

D'fhill an Babhdán ar a chairde faoi bhrón agus d'inis dóibh an méid a bhí ráite ag Oz; agus bhí ionadh ar Dhorataí gur Spéirbhean a bhí san Asarlaí Mór, seachas Cloigeann mar a nocht sé di féin.

"Mar sin féin," arsa an Babhdán, "tá croí ag teastáil uirthi a oiread agus atá ar an gCoillteoir Stáin."

Maidin lá arna mhárach, tháinig saighdiúir na féasóige uaine faoi dhéin an Choillteora Stáin agus dúirt:

"Chuir Oz faoi do choinne. Tar an bealach seo."

Lean an Coillteoir Stáin é agus bhain sé Seomra na Ríchathaoireach amach. Ní raibh a fhios aige cé acu mar Spéirbhean álainn nó mar Chloigeann a nochtfadh Oz roimhe, ach bhí sé i ndóchas gurb é an Spéirbhean álainn a bheadh ann. "Nó," ar seisean leis féin, "más cloigeann atá i gceist, tá mé suite siúráilte nach dtugfar croí dom, nó níl croí ag cloigeann agus mar sin de ní bheadh sé ábalta tuiscint dom. Ach más Spéirbhean álainn atá i gceist, déanfaidh mé croí a impí agus a achainí uirthi, nó deirtear gur ceanúil croí gach spéirmhná."

Ach nuair a chuaigh an Coillteoir isteach i Seomra na Ríchathaoireach, Cloigeann ná Spéirbhean ní fhaca sé, nó chuir Oz cruth Beithígh mhillteanaigh air féin. Bhí oiread eilifinte ann, nó geall leis, agus is ar éigean nach ndearnadh bloghanna den ríchathaoir uaine lena mheáchan, de réir cosúlachta. Bhí an Beithíoch srónbheannach sciathánach spreangaideach, bhí cúig cinn de shúile ina chloigeann agus cúig cinn de lámha ar a chabhail agus cúig cinn de chosa faoi. Bhí mothall tiubh fionnaidh ar fud a cholainne agus ba dhoiligh arracht níos uamhnaí imeaglaí ná sin a shamhlú. Ba mhaith mar a tharla nach raibh croí ag an gCoillteoir Stáin ag an am sin, nó bheadh sé ag preabarnach go tapa leis ag an uafás. Ach ó tharla nach raibh ann ach stán, ní raibh eagla dá laghad ar an gCoillteoir. Ach mura raibh eagla féin air, ba mhór an díomá a bhí air.

"Is mise Oz Ollmhór Uafásach," arsa an Beithíoch, agus búir ollmhór uafásach a bhí mar ghlór aige. "Cé thusa, agus céard atá á lorg agat orm?"

"Is Coillteoir mé, agus mé déanta as stán. Dá bhrí sin, tá mé gan chroí gan ghrá. Impím ort croí a thabhairt dom ionas go mbeidh mé mar atá daoine eile."

"Agus cén fáth a ba chóir dom é sin a dhéanamh?" a d'fhiafraigh an Beithíoch.

"Toisc gur iarraim ort é agus gur tusa an t-aon duine atá i gcumas m'iarratas a dheonú dom," arsa an Coillteoir.

Drantaigh Oz os íseal leis sin, ach dúirt sé go gairgeach:

"Más amhlaidh go bhfuil tú ag tnúth le croí, tá ort é a thuilleamh."

"Cén chaoi?" a d'fhiafraigh an Coillteoir.

"Cuidigh le Dorataí Droch-Chailleach an Iarthair a mharú," arsa an Beithíoch. "Nuair a bheas an Droch-Chailleach marbh, tar chugam agus bronnfaidh mé ort an croí is mó geanúla grámhaire i dTír Oz go léir."

Mar sin de bhí ar an gCoillteoir Stáin filleadh ar a chairde faoi bhrón agus insint dóibh faoin mBeithíoch uafásach a chonaic sé. Ba mhór an t-ábhar iontais dóibh an iliomad cruthanna a chuirfeadh an tAsarlaí Mór air féin, agus dúirt an Leon:

"Más ina Bheithíoch a bheas sé agus mé ina láthair, búirfidh mé in ard mo ghutha agus cuirfidh mé a oiread eagla air nó go ndeonfaidh sé dom cibé rud a iarrfaidh mé air. Agus más ina Spéirbhean álainn a bheas sé, ligfidh mé orm léim a thabhairt uirthi, agus mar sin tabharfaidh mé uirthi bheith faoi mo réir. Agus más ina Chloigeann mór a bheas sé, bheidh sé faoi bhois a chait agam; nó rollfaidh mé an cloigeann seo timpeall an tseomra go dtí go ngeallfaidh sé go ndeonfaidh sé dúinn na rudaí is mian linn. Bíodh misneach agaibh mar sin, a chairde, nó is amhlaidh go mbeidh gach ní i gceart go fóill."

Maidin an lá arna mhárach thug saighdiúir na féasóige uaine an Leon chuig Seomra na Ríchathaoireach agus dúirt leis dul isteach i láthair Oz.

Chuaigh an Leon tríd an doras agus thug sracfhéachaint timpeall an tseomra. Tháinig ionadh an domhain air nuair a chonaic sé Caor Thine os comhair na Ríchathaoireach, agus í chomh borb beodhearg breoch sin  nó is ar éigean a bhí sé in ann a radharc a fhulaingt. Ba é an chéad smaoineamh a rith isteach ina aigne ná go ndeachaigh Oz trí thine de thaisme agus go raibh sé ag dó; ach nuair a d'fhéach sé le druidim léi, bhí an teas chomh tréan is gur loisceadh barr a ghuairí, agus théaltaigh sé ar ais chuig láthair in aice leis an doras agus é ar bharr amháin creatha.

Ansin tháinig glór toll as an gCaor Thine, agus seo iad na focail a bhí aisti:

"Is mise Oz Ollmhór Uafásach. Cé thusa, agus céard atá á lorg agat orm?"

Agus d'fhreagair an Leon, "Is Leon Cladhartha mise, agus eagla orm roimh gach rud. Tháinig mé chugat le misneach a impí ort, ionas go mbeidh mé dáiríre in inmhe Rí na nAinmhithe, mar a thugtar orm."

"Agus cén fáth a ba chóir dom misneach a thabhairt duit?" arsa Oz.

"Mar is tusa an tAsarlaí is mó dá bhfuil ann, agus níl de chumhacht ach agatsa m'iarratas a dheonú," arsa an Leon.

Dhóigh an Chaor Thine go borb go ceann tamaill, agus dúirt an glór, "Tabhair cruthúnas dom go bhfuil an Droch-Chailleach marbh, agus an tan sin bronnfaidh mé misneach ort. Ach fad is beo don Droch-Chailleach, beidh ort fanacht i do chladhaire."

Chuir an chaint sin fearg ar an Leon, ach ní raibh freagra aige le tabhairt uirthi agus fágadh ina thost é ag stánadh ar an gCaor Thine. Ach ansin chuaigh sí i dteocht go fíochmhar sin is gur bhain sé as amach as an seomra. Ba mhaith leis a chairde a fháil ag fanacht leis, agus d'inis sé dóibh faoin agallamh imeaglach a bhí ann idir é féin agus an tAsarlaí.

"Céard a dhéanfaimid anois?" arsa Dorataí go brónach.

"Níl an dara suí sa bhuaile ann," arsa an Leon, "caithfimid dul go tír na mBuincíoch agus an Droch-Chailleach a thóraíocht agus a scriosadh."

"Ach mura bhfuil muid in ann aige?" arsa an cailín.

"Más ea, ní bheidh misneach agam choíche," arsa an Leon.

"Agus ní bheidh inchinn agamsa choíche," a dúirt an Babhdán leis.

"Agus ní bheidh croí agamsa choíche," arsa an Coillteoir Stáin.

"Agus ní fheicfidh mise m'Aintín Eim agus m'Uncail Anraí choíche," arsa Dorataí, agus bhris a gol uirthi.

"Fainic!" lig an cailín uaine béic. "Titfidh na deora ar do ghúna uaine síoda agus fágfaidh smál air."

Thriomaigh Dorataí a súile agus dúirt:

"Caithfimid iarracht a thabhairt, is dóigh; ach táim suite siúráilte de nach bhfuil fonn maraithe orm, fiú má fheicfinn m'Aintín Eim arís."

"Rachaidh mise leat; ach ní ligfidh an chlaidhreacht dom an Droch-Chailleach a mharú," arsa an Leon.

"Rachaidh mise freisin," arsa an Babhdán; "ach is beag an cúnamh duit mé, agus a amaidí atá mé."

"Níl croí agam dochar a dhéanamh fiú do Dhroch-Chailleach," arsa an Coillteoir Stáin; "ach má théann tú, rachaidh mé leat agus fáilte."

Mar sin de, cinneadh ar chur chun bóthair maidin lá arna mhárach, agus chuir an Coillteoir faobhar ar a thua le cloch uaine agus bhealaigh sé a chuid alt go maith. Stuáil an Babhdán cochán úr ann féin agus phéinteáil Dorataí súile nua air ionas go mbeadh radharc níos fearr aige. An cailín uaine, a bhí an-chineálta leo, líon sí ciseán Dhorataí le togha bia agus cheangail cloigín beag ar mhuineál Thótó le ribín uaine.

Chuaigh siad a luí luath go leor agus chodail go sámh go breacadh an lae, nuair a mhúscail scairt coiligh uaine i gclós cúil an Pháláis iad, agus glagarnach circe uaine a rug ubh uaine.

# Caibidil XII.
# Tóraíocht na Droch-Chaillí

Threoir saighdiúir na féasóige uaine iad trí shráideanna Chathair na Smaragaidí.

# Threoir

SAIGHDIÚIR NA FÉASÓIGE UAINE IAD trí shráideanna Chathair na Smaragaidí go dtí an seomra a raibh cónaí Choimeádaí an Gheata ann. Bhain an t-oifigeach seo an glas dá spéaclaí agus chuir ar ais ina bhosca mór iad, ansin d'oscail sé an geata go múinte dár gcairde.

"Cé acu an bóthar go dtí Droch-Chailleach an Iarthair?" arsa Dorataí.

"Níl a leithéid de bhóthar ann," arsa Coimeádaí an Gheata. "Dheamhan duine a thugann aghaidh an treo sin."

"Cén chaoi a bhfaighimid í mar sin?" arsa an cailín.

"Beidh sin furasta go leor," arsa an fear, "nó chomh túisce is a bheidh a fhios aici go bhfuil sibh i dtír na mBuincíoch, aimseoidh sí sibh agus déanfaidh sí sclábhaithe díbh."

"Bíonn an dá b'fhéidir ann," arsa an Babhdán, "nó tá fúinn í a scriosadh."

"Scéal eile ar fad é sin, muise," arsa Coimeádaí an Gheata. "Ós rud é nach ndearna duine ar bith riamh í a scriosadh, rinne mé talamh slán de go ndéanfadh sí sclábhaithe díbh mar a rinne sí de gach aon duine eile. Ach tugaigí aire daoibh féin; nó is urchóideach olc fíoch-mhar í agus b'fhéidir nach ligfeadh sí daoibh í a scriosadh. Leanaigí ar aghaidh siar, i dtreo luí na gréine, agus ní féidir gan teacht uirthi."

Ghabh siad buíochas leis agus d'fhág siad slán aige agus chuaigh siad siar, ag siúl trasna fiarach féir bhoig agus é breac le nóiníní agus le fearbáin anseo is ansiúd. An gúna deas síoda a chuir Dorataí uirthi sa Phálás, bhí sé uirthi go fóill; ach b'iontach léi an rud ná nach uaine an dath a bhí air níos mó anois ach bhí sé chomh geal le sneachta na haon oíche. Chaill ribín Thótó a dhath uaine freisin agus bhí sé chomh bán le gúna Dhorataí.

Ba bheag go raibh Cathair na Smaragaidí fágtha i bhfad ina ndiaidh. Ag dul ar aghaidh dóibh d'éirigh an talamh níos gairbhe agus níos aimh-réidhe, nó ní raibh feirmeacha ná tithe sa tír Thiar seo agus bhí an talamh bán.

Bhí brothall na gréine ag doirteadh anuas ar a n-aghaidh an tráthnóna sin, nó ní raibh a oiread agus crann amháin chun scáth a thabhairt dóibh; mar sin de tháinig tuirse ar Dhorataí agus ar Thótó agus ar an Leon roimh oíche, agus luigh siad síos ar an bhféar agus thit ina gcnap codlata, agus rinne an Coillteoir agus an Babhdán faire.

Ní raibh ach leathshúil ag Droch-Chailleach an Iarthair, ach bhí an leathshúil sin chomh cumhachtach le teileascóp agus bhí sí in ann gach aon áit a fheiceáil. Mar sin de, agus í féin ina suí i ndoras a caisleáin, d'amharc sí timpeall agus chonaic sí Dorataí ina codladh agus a cairde thart timpeall uirthi. Bhí siad i bhfad ar shiúl ach chuir sé fearg ar an Droch-Chailleach iad a fháil ina tír féin, agus shéid sí feadóg airgid a bhí ar crochadh ar a muineál.

Tháinig cluiche faolchúnna fadchosacha fraoch-shúileacha fiaclacha ag rith chuici láithreach as gach aird.

"Gabhaigí chuig na daoine sin," arsa an Droch-Chailleach, "agus sraoilligí as a chéile iad."

"Nach bhfuil fút sclábhaithe a dhéanamh díobh?" arsa ceannaire na mac tíre.

"Níl," ar sise, "tá duine acu déanta de stán agus duine acu déanta de chochán; girseach is ea duine acu agus Leon is ea duine eile acu. Níl duine ar bith acu chun oibre, mar sin de tá cead agaibh iad a choscairt."

"Déanfaidh sin," arsa an faolchú agus siúd chun siúil é ar luas lasrach, agus an chuid eile den chonairt sna sála aige.

Nach maith mar a tharla go raibh an Babhdán agus an Coillteoir ina lándúiseacht agus gur chuala siad na faolchúnna ag teacht.

"Faoi mo choinnese is ea an troid seo," arsa an Coillteoir, "gabh ar mo chúl agus rachaidh mé i gcomhrac leo de réir mar a thiocfaidh siad."

Rug sé greim ar a thua, a raibh géaraithe go maith aige, agus nuair a thug ceannaire na mac tíre fogha faoi, bhuail sé buille agus leadair ceann an fhaolchú dá cholainn ionas gur éag sé ar an toirt. Chomh luath agus a bhí an tua beartaithe aníos aige arís tháinig mac tíre eile chuige, agus thit seisean faoi lann líofa an Choillteora Stáin freisin. Bhí daichead mac tíre ann agus rinneadh daichead corp díobh agus sa deireadh bhí siad fágtha ina gcarn marbhán ag an gCoillteoir.

Ansin leag sé síos a thua agus shuigh síos in aice leis an mBabhdán, a dúirt, "Ba mhaith an troid í, a chara."

D'fhan siad go dtí gur dhúisigh Dorataí ar maidin. Ba mhór an eagla a tháinig ar an ngirseach nuair a chonaic sí an moll mór mac tíre mothallach, ach d'inis an Coillteoir Stáin an scéal ar fad di. Ghabh sí buíochas leis as a mbeo a shábháil agus shuigh sí chun bricfeasta, agus ina dhiaidh sin chuir siad chun bóthair arís.

An mhaidin cheannann chéanna, tháinig an Droch-Chailleach go doras a caisleáin agus d'amharc amach lena leathshúil a raibh radharc fada inti. Chonaic sí na faolchúnna sínte marbh, agus na heachtrannaigh ag taisteal leo trína tírse. Chuir seo an dá oiread feirge uirthi agus shéid sí a feadóg airgid faoi dhó.

Tháinig ealta ollmhór feannóg fiánta ar eitilt chuici láithreach bonn, agus bhí a oiread acu ann gur chuir siad smúit ar an spéir.

Agus dúirt an Droch-Chailleach le Rí na bhFeannóg:

"Eitlígí anois chuig na heachtrannaigh; priocaigí na súile astu agus déanaigí círéibeacha díobh."

D'eitil na feannóga fiánta in ealta ollmhór amháin i dtreo Dhorataí agus a cuid compánach. Nuair a chonaic an cailín beag iad, tháinig imeagla agus uafás uirthi. Ach dúirt an Babhdán:

"Faoi mo choinnese is ea an cath seo, mar sin luígí síos in aice liom agus ní dhéanfar aon dochar daoibh."

Luigh gach duine acu ar an talamh, seachas an Babhdán, a sheas aníos agus a shín amach a dhá láimh. Agus nuair a chonaic na feannóga é, tháinig eagla orthu, mar is dual dá leithéid d'éan roimh bhabhdán, agus ní raibh de dhánacht iontu druidim leis. Ach dúirt Rí na bhFeannóg:

"Níl ann ach fear stuáilte. Priocfaidh mise na súile as."

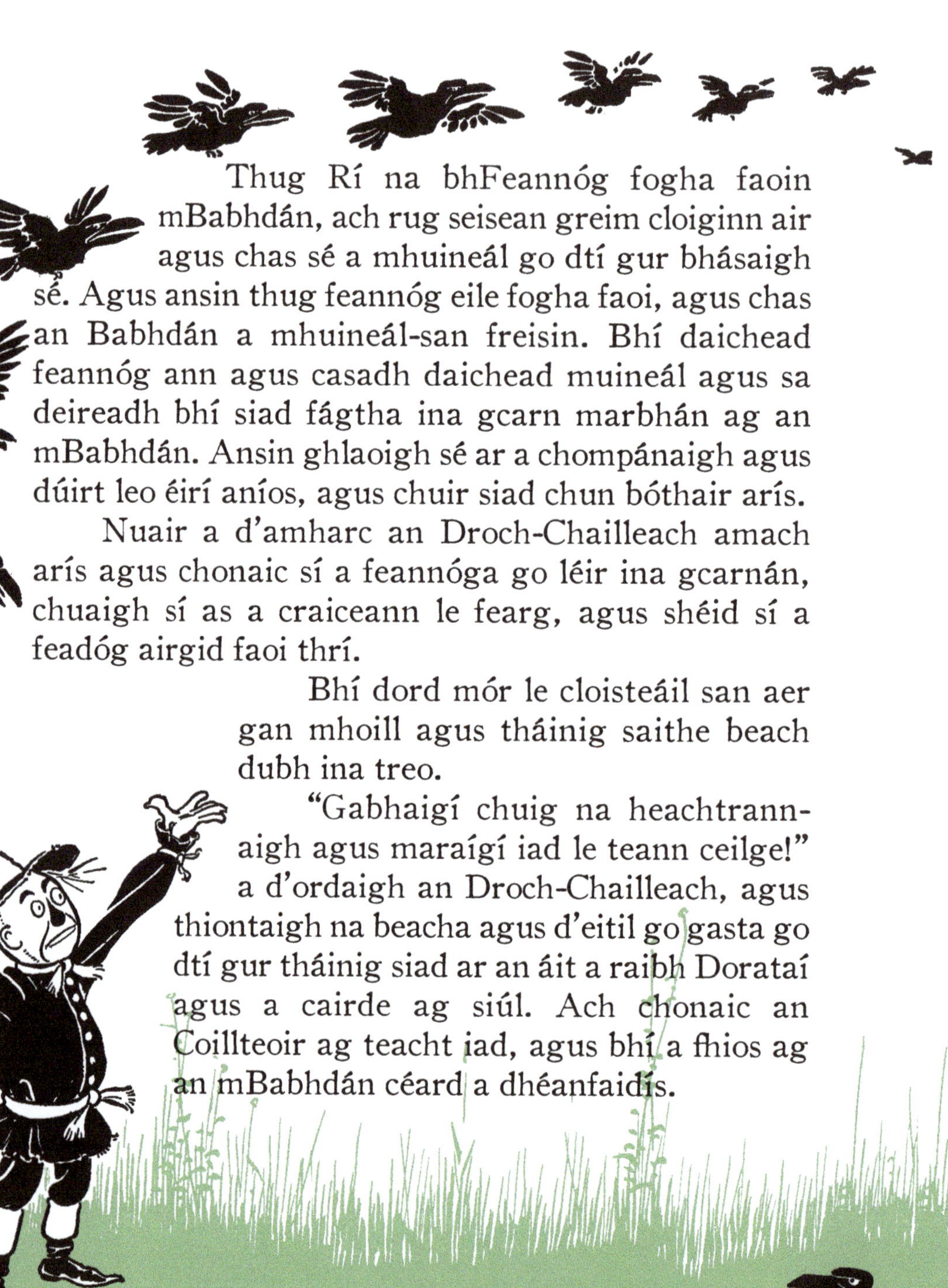

Thug Rí na bhFeannóg fogha faoin mBabhdán, ach rug seisean greim cloiginn air agus chas sé a mhuineál go dtí gur bhásaigh sé. Agus ansin thug feannóg eile fogha faoi, agus chas an Babhdán a mhuineál-san freisin. Bhí daichead feannóg ann agus casadh daichead muineál agus sa deireadh bhí siad fágtha ina gcarn marbhán ag an mBabhdán. Ansin ghlaoigh sé ar a chompánaigh agus dúirt leo éirí aníos, agus chuir siad chun bóthair arís.

Nuair a d'amharc an Droch-Chailleach amach arís agus chonaic sí a feannóga go léir ina gcarnán, chuaigh sí as a craiceann le fearg, agus shéid sí a feadóg airgid faoi thrí.

Bhí dord mór le cloisteáil san aer gan mhoill agus tháinig saithe beach dubh ina treo.

"Gabhaigí chuig na heachtrann-aigh agus maraígí iad le teann ceilge!" a d'ordaigh an Droch-Chailleach, agus thiontaigh na beacha agus d'eitil go gasta go dtí gur tháinig siad ar an áit a raibh Dorataí agus a cairde ag siúl. Ach chonaic an Coillteoir ag teacht iad, agus bhí a fhios ag an mBabhdán céard a dhéanfaidís.

"Tarraing amach mo chuid cocháin agus spréigh ar an gcailín agus ar an madra agus ar an Leon é," a dúirt sé leis an gCoillteoir, "ionas nach mbeidh na beacha in ann cealg a chur iontu." Rinne an Coillteoir amhlaidh, agus nuair a bhí Dorataí sínte le taobh an Leoin agus Tótó ina baclainn aici chlúdaigh an cochán iad go hiomlán.

Tháinig na beacha agus ní bhfuair sí duine ar bith ach an Coillteoir le cealgadh, agus thug siad fogha faoi agus bhris siad go léir a gcealg in aghaidh an stáin, gan dochar dá laghad a dhéanamh don Choillteoir. Agus ós rud é nach maireann beach nuair a bhristear a cealg, b'shin deireadh leis na beacha dubha, agus iad scaipthe ina mbrat thimpeall an Choillteora, mar a bheadh carnáin bheaga guail mhín iontu.

Ansin d'éirigh Dorataí agus an Leon, agus chuidigh an ghirseach leis an gCoillteoir Stáin an cochán a chur ar ais sa Bhabhdán arís, chun go raibh sé chomh maith agus a bhí riamh. Agus chuir siad chun bóthair arís.

Nuair a chonaic an Droch-Chailleach a beacha dubha ina gcarnáin mar a bheadh gual mín, bhí a oiread feirge uirthi is gur bhuail sí a cos ar an talamh agus tharraing sí an ghruaig di féin agus bhain sí díoscán as a fiacla. Ansin ghlaoigh sí ar dhosaen dá cuid sclábhaithe, mar atá na Buincígh, agus thug sí sleánna rinneacha dóibh agus dúirt sí leo dul chuig na heachtrannaigh agus iad a scriosadh.

Ní cine cróga a bhí sna Buincígh, ach bhí orthu déanamh mar a dheirtí leo. Mar sin mháirseáil siad chun siúil go dtí gur tháinig siad in aice le Dorataí. Ansin lig an Leon búir mhillteanach as agus thug léim orthu, agus bhí a oiread eagla ar na Buincígh bhochta is gur theith siad an méid a bhí ina gcorp.

Nuair a d'fhill siad ar an gcaisleán, ghabh an Droch-Chailleach de leathar orthu agus chuir sí ar ais chun oibre iad. Ina dhiaidh sin shuigh sí síos agus rinne sí a marana ar an rud a ba chóir di a dhéanamh. Chuaigh di a thuiscint cén fáth ar theip ar a cuid bearta go léir chun na heachtrannaigh seo a scriosadh; ach ní hamháin go raibh sí olc, mar Dhroch-Chailleach, ach bhí sí cumhachtach freisin, agus ba ghairid gur chinn sí ar chomhairle.

Bhí Bairéad Órga in almóir aici agus ciorcal diamant agus rúibíní thart timpeall air. Bhí ortha ag baint leis an mBairéad Órga seo. Cibé ar leis é, thiocfadh leis cúnamh a iarraidh ar na Monc-aithe Eiteacha trí huaire, agus dhéanfaidís siúd cibé rud a d'iarrfaí orthu. Ach ní thiocfadh le duine ar bith ordú ar na créatúir aisteacha seo níos mó ná trí huaire. Bhí ortha an Bhairéid úsáidte ag an

Droch-Chailleach faoi dhó cheana féin. D'úsáid sí den chéad uair í chun na Buincígh a chur i ndaoirse agus chun dul i gceannas a dtír. Chuidigh na Moncaithe Eiteacha léi sin a dhéanamh. D'úsáid sí den dara huair í nuair a bhí sí ag troid in aghaidh Oz Mhóir féin, agus ruaig sí aniar as an tír Thiar é. Chuidigh na Moncaithe Eiteacha léi é sin a dhéanamh freisin. Níor fhéad sí an Bairéad Órga seo a úsáid ach uair amháin eile, agus ar an ábhar sin níor mhian léi é a úsáid go dtí gur bhain sí triail as a cuid cumhachtaí eile go léir. Ach anois ó cailleadh a faolchúnna fíochmhara agus a feannóga fiánta agus a beacha biorchealgacha, agus ó scanraigh an Leon Cladhartha a sclábhaithe, tuigeadh di nach raibh ach an tseift amháin fágtha aici chun Dorataí agus a cairde a scriosadh.

Mar sin de, thóg an Droch-Chailleach an Bairéad Órga ón almóir agus chuir sí ar a ceann é. Ansin sheas sí ar a cois chlé agus dúirt go mall:

"Eip-pé, peip-pé, ceaic-cé!"

Ansin sheas sí ar a cois dheas agus dúirt:

"Hiol-ló, hol-ló, heal-ló!"

Ina dhiaidh sin sheas sí ar a dhá cois agus scairt in ard a gutha:

"Ziz-zí, zúz-zí, zic!"

Ansin thosaigh an ortha ag oibriú. Tháinig dorchadas ar an spéir agus bhí tormáil íseal le cloisteáil san aer. Chualathas seabhrán mór eiteog, mar aon le clabaireacht agus gáire, agus nuair a ghob an ghrian amach as an spéir dhorcha nochtadh an Droch-Chailleach i measc scata moncaithe, agus péire eiteog mhór láidir ar ghuaillí gach créatúir acu.

Bhí moncaí amháin acu a bhí i bhfad níos mó ná na moncaithe eile, agus an dealramh air gurbh é an ceannaire é. D'eitil sé go taobh na Droch-Chaillí agus dúirt:

"Ghlaoigh tú orainn den tríú huair agus den uair dheireannach. Cad é a ordaíonn tú dúinn?"

"Gabhaigí chuig na heachtrannaigh atá i mo thírse agus scriosaigí iad go léir, ach amháin an Leon," arsa an Droch-Chailleach. "Tugaigí an beithíoch sin chugam, nó tá de rún agam é a chur faoi chuing mar a bheadh capall ann agus tiaráil a bhaint as."

"Déanfar mar a ordaíonn tú," arsa an ceannaire. Siúd leis na Moncaithe Eiteacha go clabach cabach callánach ansin go dtí an áit a raibh Dorataí agus a cairde ag siúl.

Rug cuid de na Moncaithe ar an gCoillteoir Stáin agus d'iompaigh siad tríd an aer é go dtí go raibh siad os cionn críche a raibh an talamh ina thranglam faoi starráin

*Chaith na Moncaithe píosaí téide téagartha thart ar an Leon.*

carraigeacha. Scaoil siad an Coillteoir bocht uathu ansiúd agus thit sé anuas ar na carraigeacha as airde na spéire agus fágadh ansin é chomh briste brúite is nach raibh cor ná car ná cnead as níos mó.

Rug cuid eile de na Moncaithe ar an mBabhdán agus bhain siad an cochán go léir amach as a chuid éadaigh agus as a chloigeann lena méara fada. Rinne siad burla beag dá hata agus dá éadaí agus chaith suas i mbarr crainn aird é.

Chaith an chuid eile de na Moncaithe píosaí téide téagartha thart ar an Leon agus chas siad a lán lúb thart ar a cholainn agus ar a cheann agus ar a chosa, go dtí nach raibh sé in ann gabháil de chár ná de chrúb orthu agus é traochta acu go huile is go hiomlán. Ansin thóg siad ar eitleog é agus siúd chun siúil leo go dtí caisleán na Droch-Chaillí. Cuireadh i gclós beag é a raibh fál ard iarainn thart air ionas nach raibh imeacht ná éalú aige as.

Ach dochar ná díobháil ní dhearna siad do Dhorataí. Fágadh ansin ina staic í, agus Tótó ar a baclainn aici. Bhí sí ag breathnú ar dhán duairc a comrádaithe agus í ag fanacht lena sealsa. D'eitil ceannaire na Moncaithe Eiteacha chuici, a lámha fada fionnaitheacha sínte amach roimhe agus straois scéiniúil ar a smuilcide strabhsach; ach chonaic sé rian phóg na Dea-Chaillí ar a héadan agus baineadh stad as. Thug sé comhartha do na Moncaithe eile ag iarraidh orthu gan méar a leagan uirthi.

"Ba dár gcríonnacht gan méar a leagan ar an gcailín seo," ar seisean leo, "nó tá cosaint na Maithe uirthi, agus is mó í sin ná an tOlc. Níl le déanamh againn ach í a iompar go caisleán na Droch-Chaillí agus a fágáil ansin.

Agus thóg siad Dorataí ina lámha go cúramach caoinbhéasach agus d'iompar siad go gasta tríd an spéir í gur bhain siad an caisleán amach, agus chuir siad anuas í ar leac an dorais bhéil. Ansin dúirt an ceannaire leis an gCailleach:

"Ghéill muid duit chomh maith agus a bhí muid in ann. Tá an Coillteoir Stáin agus an Babhdán scriosta, agus tá an Leon ceangailte i do chlós. Maidir leis an ngirseach bheag, ní leomhfaimis díobháil ar bith a dhéanamh di, ná don mhadra atá ar a bos aici. Tá deireadh leis an gcumhacht a bhí agat ar ár mbuíon feasta, agus ní fheicfidh tú arís go brách muid."

Ansin d'eitil na Moncaithe Eiteacha uilig suas san aer, i measc gáire agus geabaireachta agus gleoráin, agus ba bheag go raibh siad imithe as radharc.

Bhí idir ionadh agus imní ar an Droch-Chailleach nuair a chonaic sí an ball ar éadan Dhorataí, nó ba mhaith ab eol di nach leomhfadh sí féin ná na Moncaithe Eiteacha dochar ar bith a dhéanamh don ghirseach. Bhreathnaigh sí síos ar chosa Dhorataí, agus ar fheiceáil na mbróga airgid di, thosaigh sí ag creathnú leis an eagla, nó bhí sé ar eolas aici cé chomh cumhachtach is a bhí an ortha a bhí orthu. I dtús báire, bhí fonn éalaithe ar an Droch-Chailleach roimh Dhorataí; ach tharla gur amharc sí isteach i súile an pháiste agus chonaic sí cé chomh soineanta a bhí an t-anam ar a gcúl, agus nach raibh an chumhacht iontach a bhí aici de dheasca na mBróg Airgid ar eolas ag an ngirseach. Agus rinne an Droch-Chailleach gáire léi féin agus shíl sí, "Beidh sí agam fós mar sclábhaí, nó níl fios a cumhachta aige." Ansin dúirt sí go borb binbeach le Dorataí:

"Tar liomsa; agus féach go dtuga tú cluas mhaith don mhéid a deirim leat, nó mura dtuga cuirfidh mé deireadh leat, mar a rinne mé leis an gCoillteoir Stáin agus leis an mBabhdán."

Lean Dorataí í trí chuid mhaith de na seomraí áille a bhí ina caisleán go dtí gur tháinig siad chuig an gcistin, agus ansin dúirt an Chailleach léi na potaí agus na citil a ghlanadh agus an t-urlár a scuabadh agus an tine a bhiathú le connadh.

Chrom Dorataí ar an obair go ceansa, agus a hintinn socraithe ar a bheith ag obair chomh crua agus a thiocfadh léi; nó bhí sí sásta gur chinn an Droch-Chailleach gan í a mharú.

Agus Dorataí go dúthrachtach i mbun oibre aici, smaoinigh an Chailleach go rachadh sí sa chlós agus an Leon Cladhartha a chur i gcuing mar a bheadh capall ann; ba mhór an spórt é, dar léi, é a chur ag tarraingt a carbaid nuair bheadh fonn turais uirthi. Ach nuair a d'oscail sí an geata lig an Leon búir ard agus thug fogha chomh fíochmhar fúithi gur scanraíodh an Chailleach, agus theith sí amach agus dhún sí an geata arís ina diaidh.

"Mura féidir liom úim a chur ort," arsa an Chailleach leis an Leon, agus í ag caint trí bharraí an gheata, "is féidir liom ocras a thabhairt duit. Ní bheidh tada le hithe agat go dtí go ndéana tú rud orm."

Mar sin de, ina dhiaidh sin níor thug sí bia ar bith don Leon faoi choinneáil; ach gach lá thagadh sí chuig an ngeata ar uair an mheán lae agus d'fhiafraíodh:

"An bhfuil tú réidh le dul i gcuing mar chapall?"

Agus d'fhreagraíodh an Leon:

"Níl ná réidh, agus má thagann tú isteach sa chlós seo bainfidh mé sclamh asat."

Ba é an chúis nach raibh ar an Leon géilleadh don Chailleach ná go dtugadh Dorataí bia dó ón gcófra gach oíche, agus an bhean úd eile ina codladh. I ndiaidh dó ithe, luíodh sé síos ar a easair chocháin, agus luíodh Dorataí lena thaobh agus ligeadh sí a ceann ar a mhoing mhín mhothallach agus bhídís ag caint faoina gcuid buarthaí agus ag beartú bealaigh éalaithe. Ach ní raibh slí amach as an gcaisleán le fáil acu, nó bhí sé faoi shíorgharda na mBuincíoch buí, a bhí i ndaoirse ag an Droch-Chailleach agus barraíocht eagla orthu roimpi gan a toil a dhéanamh.

Bhí ar an gcailín obair go crua i rith an lae, agus ba mhinic a bhagraíodh an Chailleach go ngreadfadh sí í leis an seanscáth fearthainne a bhí i gcónaí ina glac aici. Ach, déanta na fírinne, ní leomhfadh sí Dorataí a bhualadh, mar gheall ar an mball a bhí ar a héadan. Ní raibh a fhios sin ag an bpáiste, agus í lán eagla ina taobh féin agus i dtaobh Thótó. Bhuail an Chailleach buille ar Thótó lena scáth fearthainne uair amháin agus d'ionsaigh an madra beag cróga í agus bhain plaic as a cois ar a shon sin. Níor chuir an Chailleach braon fola san áit ar baineadh greim aisti, nó bhí sí chomh holc sin is gur thriomaigh an fhuil inti na blianta fada ó shin.

Ba mhór an chiamhaire a tháinig ar bheatha Dhorataí agus í ag teacht ar an tuiscint gur dheacra ansin di ná riamh Kansas agus a haintín Eim a bhaint amach arís. In amanna chaoineadh sí uisce a cinn, agus Tótó ina shuí ag a cosa ag amharc ar a haghaidh agus ag soifniú go mairgiúil chun an méid trua a bhí aige dá mháistreás bheag a chur in iúl. Ba chuma le Tótó i ndáiríre cé acu i gKansas nó i dTír Oz a bhí sé, ach é a bheith i gcuideachta Dhorataí; ach bhí a fhios aige go raibh an ghirseach bheag faoi bhrón, agus chuir sin brón airsean freisin.

Anois, ba mhór an tnúth a bhí ag an Droch-Chailleach le seilbh a fháil di féin ar na Bróga Airgid a bhí i dtólamh ar chosa an chailín. Bhí a cuid beach agus a cuid feannóg agus a cuid mac tíre fágtha ina gcarnáin agus ag seargadh, agus bhí cumhacht go léir an Bhairéid Órga caite aici; ach dá bhféadfadh sí greim a fháil ar na Bróga Airgid, ba mhó an chumhacht a

thabharfaidís di ná na rudaí eile go léir a chaill sí. Choinnigh sí súil ghéar ar Dhorataí, féachaint an mbaineadh sí na bróga di in am ar bith, agus í ag smaoineamh go ngoidfeadh sí iad. Ach bhí an páiste chomh bródúil sin as a bróga gleoite nach mbaineadh sí di riamh iad seachas san oíche agus nuair a fholcadh sí í féin. Ní ligfeadh an eagla roimh an dorchadas don Chailleach dul isteach i seomra Dhorataí istoíche chun na bróga a thógáil, agus ba mhó an t-uamhan a bhí aici roimh an uisce ná a heagla roimh an dorchadas, mar sin de ní dhruideadh sí riamh le Dorataí agus í i mbun a folctha. Leoga, ní bhaineadh an tsean-Chailleach don uisce riamh, agus ní ligeadh sí don uisce baint dise ar mhodh ar bith ach oiread.

Ach ba mhór an gliceas a bhí sa tseanbhean mhallaithe, agus faoi dheireadh bheartaigh sí cleas a thabharfadh di a raibh uaithi. Chuir sí barra iarainn i lár urlár na cistine, agus ansin lena cuid dubhealaíon rinne sí dofheicthe do shúil an duine é. Mar sin, nuair a shiúil Dorataí trasna an urláir bhain an barra tuisle aisti, ós rud é nach raibh sí in ann é a fheiceáil, agus síneadh ó sál go rinn í. Ba bheag a gortaíodh í, ach nuair a thit sí d'imigh leathbhróg de na Bróga Airgid dá cois; agus sula raibh sí ábalta í a fháil arís, sciob an Chailleach ar shiúl í agus chuir sí í ar a cois chnámhach féin.

Bhí an drochbhean an-sásta le héifeacht a cleasa, nó a fhad is go raibh an leathbhróg aici bhí leathchuid den chumhacht a bhain lena n-ortha aici, agus ní fhéadfadh Dorataí í a úsáid ina héadan, fiú amháin dá mbeadh fios a húsáide aici.

Ar fheiceáil don ghirseach go raibh leathbhróg dá bróga gleoite caillte aici, tháinig fearg uirthi, agus dúirt sí leis an gCailleach:

"Tabhair dom mo bhróg ar ais!"

"Arú, ní thabharfaidh," arsa an Chailleach ar an dara focal, "nó is liom í mar bhróg anois, ní leatsa."

"Is mallaithe an créatúr thú!" arsa Dorataí de bhéic. "Níl ceart agat ar mo bhróg."

"Coinneoidh mé í mar sin féin," arsa an Chailleach agus rinne sí gáire fúithi, "agus beidh an leathbhróg eile agam uait lá éigin freisin."

Chuir sin a oiread feirge ar Dhorataí is gur thóg sí an buicéad uisce a bhí in aici láimhe agus steall sí ar an gCailleach é, agus fágadh fliuch báite ó bhonn go baithis í.

Lig an bhean mhallaithe scread mhór eagla aisti ar an toirt, ansin, agus Dorataí ag déanamh aeir agus iontais di, thosaigh an Chailleach ag crapadh is ag tréigean.

"Féach a bhfuil déanta agat!" ar sise de scairt. "I gceann nóiméid leáfaidh mé den tsaol."

"Tá aiféala orm faoi sin, muise," arsa Dorataí, a raibh eagla uirthi dáiríre ar fheiceáil di an Chailleach ag leá mar a bheadh siúcra rua os coinne a dhá súl.

"Nach raibh a fhios agat go gcuirfeadh an t-uisce deireadh liom?" a d'fhiafraigh an Chailleach de ghuth olagónach éadóchasach.

"Ní raibh ná a fhios," arsa Dorataí, "agus conas a bheadh a fhios agam?"

"Sea, i gceann cúpla nóiméad beidh mé leáite, agus beidh an caisleán agat duit féin. Bhí mé olc le mo linn, ach is beag a shíl mé go mbeadh girseach de do leithéidse in inmhe mo leáite agus deireadh a chur le mo chuid ainghníomhartha. Seachain—seo mise!"

Á rá sin di, thit an Chailleach ina meall donn leáite gan chuma agus thosaigh sí ag leathadh ar chláir ghlana urlár na cistine. Nuair a chonaic Dorataí go raibh sí leáite go huile is go hiomlán, tharraing sí buicéad eile uisce agus chaith sí ar an salachar é. Ansin scuab sí an t-iomlán amach as an doras. Ní raibh fágtha den tseanbhean ach an bhróg airgid, agus i ndiaidh don chailín í a phiocadh amach, ghlan sí í agus thriomaigh sí í le ceirt, agus chuir sí ar a cois féin arís í. Ansin, ós rud é go raibh cead a cinn aige faoi dheireadh thiar thall, rith sí amach chuig an gclós go ndúirt sí leis an Leon go raibh deireadh le Droch-Chailleach an Iarthair, agus nach raibh siad ina bpríosúnaithe i dtír iasachta a thuilleadh.

# Caibidil XIII.
## An Tarrtháil

**T**haitin AN SCÉALA go mór leis an Leon Cladhartha nuair a chuala sé gur leádh an Droch-Chailleach le buicéad uisce, agus bhain Dorataí an glas de gheata a charcrach láithreach bonn agus scaoil sí é. Chuaigh siad isteach sa chaisleán le chéile, agus ba é an chéad rud a rinne Dorataí ná na Buincígh uilig a thionól agus a rá leo nach sclábhaithe iad níos mó.

Ba mhór an gairdeas a rinne na Buincígh bhuí, nó téadh an craiceann acu leis na blianta fada faoi chuing na Droch-Chaillí, agus í riamh ag tabhairt drochíde millteanaí dóibh. Rinne siad saoire den lá seo feasta choíche agus bhíodh coirm agus ceol acu.

"Dá mbeadh ár gcairde, an Babhdán agus an Coillteoir Stáin, inár bhfochair," arsa an Leon, "chuirfeadh sé gliondar ar mo chroí."

"Do bharúil nach bhféadfaimis iad a tharrtháil?" arsa an cailín go himníoch.

"Thig linn féachaint," arsa an Leon.

Mar sin de, chuir siad cruinniú ar na Buincígh bhuí agus d'iarr siad cuidiú orthu chun a gcairde a tharrtháil, agus dúirt na Buincígh go mbeidís thar a beith sásta a raibh ar a gcumas a dhéanamh ar son Dhorataí, a scaoil as an daoirse iad. Thogh sí áirithe Buincíoch, iad siúd a ba mhó cuma an eolais orthu, agus chuir siad uilig chun bóthair. Thriall siad an lá sin agus cuid den lá dár gcionn go dtí gur tháinig siad chuig an má charraigeach mar a raibh an Coillteoir Stáin sínte ina mhanglam briste brúite. Bhí a thua in aice leis, ach bhí meirg ar an lann agus an tsáfach briste.

Thóg na Buincígh go cúramach ina lámha agus thug siad ar ais chuig an gCaisleán Buí é, agus shil Dorataí cúpla deoir feadh an bhóthair ar smaoineamh di faoin ainriocht a bhí ar a seanchara, agus bhí cuma thromchúiseach thruamhéalach ar an Leon. Ar bhaint an chaisleáin amach dóibh, dúirt Dorataí leis na Buincígh:

"An bhfuil gabha stáin ar bith i bhur measc?"

"Tá, muise. Tá gaibhne stáin den chéad scoth inár measc," ar siadsan.

"Go dtaga siad chugam mar sin," ar sise. Agus nuair a tháinig na gaibhne stáin, agus a gcuid uirlisí i gciseáin leo, d'fiafraigh sí díobh, "An bhféadann sibh na dingeacha sin a bhaint as an gCoillteoir Stáin, agus cruth a chur air arís, agus é a shádráil le chéile arís mar a bhfuil sé briste?"

*Bhí na gaibhne stáin trí lá agus trí oíche i mbun oibre.*

Scrúdaigh na gaibhne stáin an Coillteoir Stáin go grinn agus ansin d'fhreagair siad go bhféadfaidís, dar leo féin, é a réiteach ionas go mbeadh sé chomh maith céanna agus a bhí riamh. Agus chrom siad ar an obair i seomra mór buí dá raibh sa chaisleán agus bhí siad trí lá agus trí oíche i mbun oibre, agus iad ag casadh is ag casúireacht is ag camadh is ag comhbhualadh is ag sádráil is ag snasú chosa, cholainn agus chloigeann an Choillteora Stáin, go dtí go raibh a sheanchruth arís air, faoi dheireadh thiar thall, agus a chuid alt in ord agus in inneall chomh maith agus a bhí riamh. Ar ndóigh bhí cúpla paiste air, ach bhí jab maith déanta ag na gaibhne stáin, agus ós rud é nár dhuine leitheadach é an Coillteoir níor mhiste leis na paistí ar chor ar bith.

Nuair ar shiúil sé isteach i seomra Dhorataí faoi dheireadh agus ghabh buíochas léi as a tharrtháil, bhí sé chomh sona is go raibh deora áthais leis, agus bhí ar Dhorataí gach deoir a thriomú go cúramach dá ghnúis lena naprún, chun nach meirgeodh a chuid alt. Ag an am céanna bhí sí féin ag sileadh deor go fras de bharr an áthais i ndiaidh di a seanchara a fheiceáil arís, agus níor ghá na deora seo a thriomú. Maidir leis an Leon, thriomaigh sé a shúile chomh minic sin le barr a eireabaill is go raibh sé ina líob aige, agus bhí air dul amach sa chlós agus é a thriomú faoin ghrian.

"Och, dá mbeadh an Babhdán in éineacht linn arís," arsa an Coillteoir Stáin, nuair ar inis Dorataí dó an méid a tharla, "bheinn sona sásta."

"Caithfimid é a chuardach," arsa an cailín.

Agus ghlaoigh sí ar na Buincígh ag iarraidh orthu cuidiú léi, agus shiúil siad an lá sin ar fad agus cuid den lá dar gcionn go dtí gur tháinig siad ar an gcrann ard ar chaith na Moncaithe Eiteacha éadaí an Bhabhdáin ina chraobhacha.

Ba ard is ba ró-ard é an crann, agus a stoc chomh sleamhain is nach raibh duine ar bith in ann dul suas ann; ach dúirt an Coillteoir gan mhoill:

"Leagfaidh mé é, agus ansin gheobhaimid éadaí an Bhabhdáin."

Anois, fad is a bhí na gaibhne stáin i mbun oibre ag deisiú an Choillteora féin, bhí Buincíoch eile, arbh órcheardaí é, ag déanamh sáfaí as ór do thua an Choillteora, in ionad na seansáfaí briste. Chuir Buincígh eile snas ar an lann go dtí gur baineadh an mheirg ar fad di agus bhí sí chomh lonrach le hairgid sciomartha.

Chomh túisce is ar labhair sé, chrom an Coillteoir Stáin ar thua, agus i gceann tamaill bhig thit an crann de thuairt, agus thit éadaí an Bhabhdáin anuas ó na craobhacha agus chuaigh siad ag rolladh ar an talamh.

Thóg Dorataí iad agus d'iarr ar na Buincígh iad a thabhairt leo ar ais chuig an gcaisleán, agus ansin líonadh le cochán deas glan iad; agus féach! seo an Babhdán, chomh maith agus a bhí riamh, agus é ag gabháil buíochais le cách arís agus arís eile as é a tharrtháil.

Agus iad in éineacht arís, chaith Dorataí agus a cuid cairde roinnt laethanta séanmhara sona sásta ag an gCaisleán Buí, agus iad gan easpa gan uireasa ar a sáimhín só. Ach lá de na laethanta smaoinigh an cailín ar a hAintín Eim, agus dúirt:

"Caithfimid dul ar ais chuig Oz, agus a ghealltanas a éileamh."

"Is fíor duit," arsa an Coillteoir, "gheobhaidh mé mo chroí faoi dheireadh."

"Agus gheobhaidh mise m'inchinn," arsa an Babhdán go suáilceach.

"Agus gheobhaidh mise mo mhisneach," arsa an Leon go machnamhach.

"Agus fillfidh mise ar Khansas," arsa Dorataí de bhéic, agus í ag bualadh a bos ar a chéile. "Oró, cuirimis chun bóthair amárach i dtreo Chathair na Smaragaidí!"

Chinn siad ar an gcomhairle sin. Thionóil siad na Buincígh an lá dár gcionn agus d'fhág siad slán orthu. B'oth leis na Buincígh a n-imeacht, agus bhí a oiread dáimhe acu leis an gCoillteoir Stáin gur impigh siad air fanacht agus bheith ina cheannas orthu agus ar Thír Bhuí an Iarthair. Nuair a thuig siad go raibh siad leagtha amach ar imeacht, thug na Buincígh coiléar óir do Thótó agus don Leon; agus bhronn siad bráisléad álainn breactha le diamaint ar Dhorataí; agus thug siad maide

siúil faoi mhurlán óir don Bhabhdán, chun nach mbainfí tuisle as; agus thairg siad canna ola airgid, ór iontlaise agus seoda luachmhara leabaithe ann, don Choillteoir Stáin.

Thug gach duine de na taistealaithe óráid álainn, agus chroith siad go léir lámh leo go dtí go raibh a ngéaga stromptha.

Chuaigh Dorataí chuig cófra na Caillí chun a ciseán a líonadh le bia don turas, agus chonaic sí an Bairéad Órga ansin. Thriail sí ar a cloigeann féin é agus fuair amach gur oir di go cruinn. Ní raibh a fhios dá laghad aici faoi ortha an Bhairéid Órga, ach chonaic sí gur ghleoite é, mar sin de chinn sí go gcuirfeadh uirthi é agus an boinéad gréine a iompar sa chiseán.

Ansin, agus iad ullmhaithe don aistear, chuir siad chun bóthair i dtreo Chathair na Smaragaidí; agus lig na Buincígh trí ghair mholta agus a seacht mbeannacht leo.

Caibidil XIV.
Na Moncaithe
Eiteacha.

**T**á A FHIOS AGAT CHEANA NACH raibh bóthar ar bith—fiú cosán—idir caisleán na Droch-Chaillí agus Cathair na Smaragaidí. Nuair a chuaigh an ceathrar taistealaithe ar lorg na Caillí, chonaic sise iad agus chuir sí na Moncaithe Eiteacha faoina ndéin. Ba dheacra ar fad a mbealach a dhéanamh ar ais tríd na machairí móra fearbán agus nóiníní buí ná mar a bhí sé agus iad ar iompar. Bhí a fhios acu, ar ndóigh, gur ghá dóibh dul soir díreach, i dtreo éirí na gréine; agus chuir siad chun bóthair sa treo ceart. Ach faoi nóin, agus an ghrian díreach os a gcionn, níor aithin siad iarthar thar oirthear, agus sin an fáth a ndeachaigh siad ar seachrán sna machairí móra. Shiúil siad leo, áfach, agus san oíche bhí an ghealach ina suí agus í ag taitneamh go breá. Mar sin de luigh siad fúthu i measc na mbláthanna cumhra buí agus chodail go sámh go lá—ach amháin an Babhdán agus an Coillteoir Stáin.

An mhaidin dár gcionn, bhí smúit ar an ngrian ag na néalta, ach shiúil siad leo, mar a bheidís lánchinnte den bhealach a raibh siad a dhul.

"Má shiúlaimid fada go leor," arsa Dorataí, "tá mé dearfa go dtiocfaimid ar áit éigin am éigin."

Ach chuaigh lá i ndiadh an lae thart, agus fós ní fhaca siad rud ar bith rompu ach na machairí rua. Thosaigh an Babhdán ag cnáimhseáil beagán.

"Ní foláir nó gur chaill muid ár n-eolas," ar seisean, "agus mura dtaga muid air arís in am chun Cathair na Smaragaidí a bhaint amach, ní bheidh m'inchinn agam choíche."

"Ní bheidh ná mo chroí agamsa," arsa an Coillteoir Stáin. "Is cian liom go sroichimid Oz, agus caithfidh sibh a admháil gur fada go deo an turas seo."

"An dtuigeann sibh," arsa an Leon Cladhartha de gheoin, "níl de mhisneach agam crágáil liom go brách, gan áit ar bith a bhaint amach."

Ansin chaill Dorataí a huchtach. Shuigh sí fúithi ar an bhféar agus d'amharc ar a compánaigh, agus shuigh siadsan fúthu agus d'amharc uirthi, agus thug Tótó faoi deara den chéad uair riamh ina shaol go raibh sé róthuirseach le dul sa tóir ar fhéileacán a d'eitil thar a chloigeann. Mar sin de, chuir sé a theanga amach agus a anáil i mbarr a chléibh, agus d'amharc sé ar Dhorataí mar a bheadh sé ag fiafraí cad a dhéanfadh sé.

"Abair go nglaofaimid ar na Luchóga Féir," a mhol sí. "Is dócha go bhféadfaidís muid a chur ar an eolas chuig Cathair na Smaragaidí."

"Cinnte go bhféadfaidís," arsa an Babhdán de bhéic. "Cén fáth nár chuimhnigh muid air sin roimhe seo?"

Shéid Dorataí an fheadóg bheag a bhí i gcónaí faoina muineál ó thug Banríon na Luchóg di í. I gceann cúpla nóiméad chuala siad gliogarnach lapán beag, agus rith scata de na luchóga beaga liatha chuici. Ina measc bhí an Bhanríon féin, agus d'fhia-fraigh sí ina glór beag bíogach:

"Céard a dhéanfas mé do mo chairde?"

"Chailleamar ár n-eolas," arsa Dorataí. "An gcuirfeá ar an mbealach go Cathair na Smaragaidí muid?"

"Cinnte," arsa an Bhanríon; "ach is fada an t-aistear é, nó bhí bhur gcúl léi an t-am ar fad." Ansin thug sí Bairéad Órga Dhorataí faoi deara, agus dúirt, "Cén fáth nach mbaineann sibh úsáid as ortha an Bhairéid, agus glaoch ar na Moncaithe Eiteacha? Iompróidh siad sin sibh go Cathair na Smaragaidí roimh uair an chloig."

"Ní raibh a fhios agam go raibh ortha ann," arsa Dorataí le hiontas. "Cad atá i gceist?"

"Tá sé scríofa taobh istigh den Bhairéad Órga," arsa Banríon na Luchóg. "Ach má tá fút glaoch ar na Moncaithe Eiteacha, tá orainne teitheadh, nó tá siad lán millteanais agus dar leo gur mór an spórt é muid a chiapadh."

"Nach ngortóidh siad mé?" a d'fhiafraigh an cailín agus míshuaimhneas uirthi.

"Ní ghortóidh, muise. Tá orthu géilleadh don té a bhfuil an Bairéad aige. Slán agaibh!" Agus sciurd sí léi as amharc, agus na luchóga go léir ina diaidh.

Bhreathnaigh Dorataí laistigh den Bhairéad Órga agus chonaic sí focail scríofa ar an líneáil. Caithfidh gurb iad seo an ortha, a shíl sí, mar sin léigh sí na treoracha go cúramach agus chuir sí an Bairéad ar a baithis.

"Eip-pé, peip-pé, ceaic-cé!" ar sise, agus í ina seasamh ar a cois chlé.

"Cad é a dúirt tú?" a d'fhiafraigh an Babhdán, nach raibh a fhios aige cad é a bhí i mbun aici.

"Hiol-ló, hol-ló, heal-ló!" lean Dorataí léi, agus í ina seasamh ar a cois dheas an turas seo.

*Rug beirt de na Moncaithe ar Dhorataí idir a lámha agus scuab siad leo í ar eitilt.*

"Haló!" a d'fhreagair an Coillteoir Stáin go suaimhneach.

"Ziz-zí, zúz-zí, zic!" arsa Dorataí, agus í ina seasamh ar a dhá cois anois. Leis sin bhí an ortha ráite aici, agus chuala siad geabaireacht mhór agus greadadh sciathán, agus d'eitil baicle na Moncaithe Eiteacha anuas chucu.

D'umhlaigh an rí é féin go talamh roimh Dhorataí, agus d'fhiafraigh:

"Cad é d'ordú?"

"Is mian linn dul go Cathair na Smaragaidí," arsa an páiste, "agus chuamar amú."

"Iompróimid sibh," arsa an Rí, agus ní túisce a labhair sé ná rug beirt de na Moncaithe ar Dhorataí idir a lámha agus scuab siad leo í ar eitilt. Thóg Moncaithe eile an Babhdán agus an Coillteoir Stáin agus an Leon leo, agus rug Moncaí beag greim ar Thótó agus d'eitil ina ndiaidh, cé go ndearna an madra a sheacht ndícheall snap a bhaint as.

Bhí neart eagla ar an mBabhdán agus ar an gCoillteoir Stáin ar dtús, nó ba chuimhin leo an drochbhail a chuir na Moncaithe Eiteacha orthu an uair cheana; ach chonaic siad nach raibh drochrún acu dóibh, mar sin de sheol siad tríd an spéir go suáilceach, agus ba bhreá an saol a bhí acu ag féachaint ar na gairdíní áille agus ar na coillte i bhfad thíos uathu.

Bhí Dorataí ag foluain go réidh idir bheirt de na Moncaithe ba mhó, agus an Rí féin ab ea fear acu. Rinne siad suíochán dá mbosa branra agus bhí siad cúramach gan í a ghortú.

"Cén fáth a bhfuil oraibh géilleadh d'ortha an Bhairéid Órga?" a d'fhiafraigh sí.

"Scéal mór fada atá ann," a dúirt an Rí, agus é ag gáire go hEiteach; "ach ós mór fada an t-aistear atá romhainn, cuirfidh mé an t-am thart ag insint duit é, más mian leat."

"Ba mhaith liom é a chloisteáil," ar sise.

"Tá," arsa an ceannaire, "ba chine saor muid, lá, inár gcónaí go sona sa choill mhór, ag eitilt ó chrann go crann, ag ithe cnónna agus torthaí, ag déanamh mar a thograímis gan mháistir gan mhaor orainn. B'fhéidir go mbíodh cuid againn róthugtha don diabhlaíocht uaireanta, agus iad ag eitilt anuas le srac a bhaint as eireaball na n-ainmhithe nach raibh sciatháin acu, ag cur ruaige ar na héin, agus ag radadh cnónna leis na daoine a bhí ag siúil sa choill. Ach bhímis gan bhuairt gan ghruaim agus lán spraoi, agus bhainimis sult as gach nóiméad sa lá. Is iomaí bliain a chuaigh thart ó bhí sin, agus é i bhfad sular tháinig Oz anuas as na néalta chun an tír seo a rialú.

"Bhí banphrionsa álainn ann an tan sin, i bhfad ó thuaidh, agus í ina hasarlaí cumhachtach fosta. D'úsáid-eadh sí a cuid draíochta go léir ar mhaithe leis na daoine, agus ní fhacthas riamh í ag déanamh dochair don té ar chóir chineálta é. Gaoiléad ab ainm di, agus bhí sí ina cónaí i bpálás álainn déanta de bhloic mhóra rúibín. Bhí cion ag cách uirthi, ach ba mhór an chúis bhróin di nach bhfuair sí duine ar bith a dtiocfadh sí grá a thabhairt dó, ó bhí na fir go léir i bhfad róbhómánta agus róghránna le cúpláil le neach chomh hálainn is chomh heagnaí. Ach faoi dheireadh tháinig sí ar bhuachaill a bhí feiceálach fearúil feasach dá óige. Bheartaigh Gaoiléad ar a ghlacadh mar chéile nuair a thiocfadh ann dó, mar sin de thug sí chuig a pálás rúibín é agus d'imir sí a cuid cumhachtaí draíochta uilig air agus rinne sé chomh láidir is chomh maith is chomh lách agus mar a d'iarrfadh béal mná ar bith é a bheith. Nuair a tháinig sé in aois, deirtear gurbh é Cealála, mar a bhí mar ainm air, an fear ab fhearr agus ab eagnaí sa tír thalaimh, agus bhí an oiread sin scéimhe fearúla ann go raibh Gaoiléad splanctha ina dhiaidh, agus dheifrigh sí chun gach aon rud a ullmhú don bhainis.

"Bhí m'athair mór ina Rí ar na Moncaithe Eiteacha a bhí ina gcónaí sa choill in aice le pálás Ghaoiléad ag an am sin, agus ba chleasaí corónta é an seanchuilceach. Aon lá amháin, díreach roimh an mbainis, bhí m'athair mór ag eitilt amach in éineacht lena bhaicle nuair a chonaic sé Cealála ag siúl taobh leis an abhainn. Bhí sé gléasta i gculaith bhreá shíoda bhándeirg agus veilbhit corcra, agus bheartaigh m'athair mór bob a bhualadh air. Nuair a thug sé an focal, d'eitil an bhaicle anuas agus rug greim ar Chealála, d'iompar siad ina lámha é go dtí go raibh siad os cionn lár na habhann, agus ansin lig siad dó titim san uisce.

"'Snámh amach, a dhuine chóir,' arsa m'athair mór, 'agus féach ar fhág an t-uisce smál ar do chuid éadaigh.' Thosaigh Cealála a shnámh nó bhí sé ró-chríonna a mhalairt a dhéanamh, agus ní raibh sé millte ar chor ar bith ag an séan. Rinne sé gáire nuair a tháinig sé aníos i mbarr an uisce agus shnámh sé i dtír. Ach nuair a tháinig Gaoiléad amach de rith ina

choinne chonaic sí go raibh a chuid síoda agus a chuid veilbhite millte ag an abhainn.

"Ba mhór an fearg a bhí ar an mbanphrionsa, agus ar ndóigh bhí a fhios aici cé a rinne é. Tugadh na Moncaithe Eiteacha go léir ina láthair agus dúirt sí ar dtús go gceanglófaí a n-eiteoga agus go gcaithfí leo díreach mar a chaith siadsan le Cealála agus iad a ligean titim san abhainn. Ach d'agair m'athair mór go dícheallach, nó bhí a fhios aige go mbáfaí na Moncaithe san abhainn agus a n-eiteoga ceangailte, agus labhair Cealála ar a son freisin; agus faoi dheireadh lig Gaoiléad a mbeo leo, ar chuntar go ndéanfadh na Moncaithe Eiteacha réir an té ar leis an Bairéad Órga. Rinneadh an Bairéad seo mar bhronntanas pósta do Chealála agus tá sé ráite gur chosain sé leath a ríochta ar an mbanphrionsa. Ghlac m'athair mór agus na Moncaithe uilig eile leis an gcuntar ar ndóigh agus sin mar a tharla gur sclábhaithe faoi thrí muid ag úinéir an Bhairéid Órga, cibé ar bith é féin."

"Agus cad d'imigh orthu siúd?" arsa Dorataí, a raibh suim mhór aici sa scéal.

"Ba é Cealála céad úinéir an Bhairéid Órga," arsa an Moncaí, "agus mar sin b'eisean an chéad duine dár chuir a thoil i bhfeidhm orainn. Ó nár lú ar a bhrídeog an sioc ná muid, thionóil sé chuige muid sa choill i ndiaidh dó í a phósadh agus d'ordaigh sé dúinn fanacht amuigh mar nár leagfadh sí súil ar Mhoncaí Eiteach feasta choíche, rud a rinne muid le fonn, nó bhí eagla orainn roimpi.

"Ní raibh le déanamh orainn riamh ach sin go dtí gur thit an Bairéad Órga idir lámha Dhroch-Chailleach an Iarthair, agus thug sise orainn na Buincígh a chur i ndaoirse, agus ina dhiaidh sin Oz féin a ruaigeadh amach as an Tír Thiar. Anois is leatsa an Bairéad Órga, agus tá tú i dteideal do thoil a chur i bhfeidhm orainn faoi thrí."

Agus a scéal á chur i gcrích ag Rí na Moncaithe, d'amharc Dorataí síos agus chonaic sí ballaí lonracha uaine Chathair na Smaragaidí rompu. Rinne sí iontas d'eitilt ghasta na Moncaithe, ach bhí sí sásta go raibh siad ag deireadh a gcúrsa. Leag na créatúir aisteacha na taistealaithe anuas go cúramach ag geata na Cathrach, d'umhlaigh an Rí go talamh do Dhorataí agus ansin d'imigh sé ar eitleog luath agus a dhíorma ina dhiaidh.

"Nár dheas an geábh é," arsa an ghirseach.

"Sea go deimhin, agus bealach tapa amach as an abar dúinn," arsa an Leon. "Nach maith gur thug tú an Bairéad iontach sin leat!"

# Caibidil XV.
## Nochtadh
## OZ Uaṡáṡaiġ.

# Thaobhaigh

AN CEATHRAR TAISTEALAITHE
suas le geata mór Chathair na Smaragaidí
agus bhuail siad an clog. I ndiaidh dóibh é
a bhualadh roinnt uaireanta, d'oscail
Coimeádaí an Gheata é, an duine céanna a
casadh orthu cheana.

"Cad seo! ar ais arís daoibh?" ar seisean le hiontas.

"Nach bhfeiceann tú muid?" arsa an Babhdán.

"Ach shíl mé go raibh sibh imithe le cuairt a
thabhairt ar Dhroch-Chailleach an Iarthair."

"Agus thug muid cuairt uirthi," arsa an Babhdán.

"Agus scaoil sí chun siúil sibh arís?" arsa an fear le hiontas.

"Ní raibh neart aici air, nó tá sí leáite," arsa an Babhdán mar mhíniú.

"Leáite! M'anam, nach iontach an scéal é, iontach ar fad," arsa an fear. "Cé a leáigh í?"

"Dorataí a leáigh," arsa an Leon go tromchúiseach.

"A thiarcais!" a scread an fear, agus d'umhlaigh sé go talamh roimpi.

Ansin thionlaic sé iad isteach ina sheomra beag agus ghlasáil sé na spéaclaí ón mbosca mór ar a súile go léir, díreach mar a rinne sé cheana. Ina dhiaidh sin chuaigh siad tríd an ngeata isteach i gCathair na Smaragaidí. Nuair a chuala na daoine ó Choimeádaí an Gheata gur leáigh Dorataí Droch-Chailleach an Iarthair, bhailigh siad thart ar na taistealaithe agus lean siad iad ina scata mór go Pálás Oz.

Bhí saighdiúir na féasóige uaine ar garda fós roimh an doras, ach lig sé láithreach isteach iad agus bhí an cailín álainn uaine rompu arís agus thug sí chuig a seanseomra iad ar an toirt chun go ligfidís a scíth go dtí go raibh Oz Mór réidh le fáiltiú rompu.

Chuir an saighdiúir an scéala díreach chuig Oz go raibh Dorataí agus na taistealaithe eile tagtha ar ais arís i ndiaidh dóibh an Droch-Chailleach a scriosadh; ach níor thug Oz freagra ar bith. Shíl siad go gcuirfeadh an tAsarlaí Mór faoina gcoinne láithreach bonn, ach níor chuir. Ní raibh aon scéal uaidh an lá arna márach, ná an dara lá, ná an tríú lá. Ba trom tuirsiúil é an feitheamh agus faoi dheireadh thall bhí siad bréan den droch-cheann a bhí Oz ag caitheamh leo i ndiaidh dó iad a chur le dochma agus daoirse a fhulaingt. Mar sin de, d'iarr an Babhdán ar an gcailín uaine faoi dheireadh teachtaireacht eile a thabhairt chuig Oz, agus dúirt siad mura ligfeadh sé isteach chuige ar an toirt iad ghlaofaidís ar na Moncaithe Eiteacha le cuidiú leo agus fáil amach an gcomhlíonann sé a chuid gealltanas nó nach gcomhlíonann. Nuair a tugadh an teachtaireacht seo don Asarlaí bhí a oiread eagla air gur chuir sé scéala faoina ndéin chuig Seomra na Ríchathaoireach ag ceithre nóiméad i ndiaidh a naoi a chlog an maidin dar gcionn. Casadh na Moncaithe Eiteacha air cheana sa Tír Thiar agus ní raibh fonn air bualadh leo arís.

Bhí oíche gan chodladh ag an gceathrar taistealaithe agus gach duine acu ag smaoineamh ar an mbronntanas a gheall Oz dó. Thit Dorataí ina codladh uair amháin agus rinne sí brionglóid go raibh sí i gKansas agus a hAintín Eim ag insint di gur chuir sé gliondar ar a croí a cailín beag a bheith sa bhaile arís aici.

Ar bhuille a naoi an mhaidin dar gcionn tháinig saighdiúir na féasóige uaine faoina gcoinne, agus ceithre nóiméad ina dhiaidh sin chuaigh siad uilig isteach i Seomra Ríchathaoireach Oz Mhóir.

Bhí gach duine acu ag súil leis an Asarlaí a fheiceáil sa riocht ina raibh sé roimhe sin, ar ndóigh, agus ba mhór an t-ionadh ar chách nuair a d'fhéach siad ina dtimpeall agus ní fhaca siad duine ar bith sa tseomra. D'fhan siad gar don doras agus níos gaire dá chéile, nó ba uafásaí ciúnas an tseomra fholaimh ná riocht ar bith dá bhfaca siad Oz ann.

Ar ball beag chuala siad Glór sollúnta agus ba chosúil gur tháinig sé ó áit éigin gar do spuaic an chruinneacháin mhóir, agus dúirt sé:

"Is mise Oz Ollmhór Uafásach. Cén fáth a bhfuil sibh dom?"

D'amharc siad arís i ngach cearn den tseomra agus ní fhaca siad duine ar bith agus d'fhiafraigh Dorataí:

"Cá bhfuil tú?"

"Tá mé i ngach áit," arsa an Glór, "ach ní fheiceann súile an ghnáthdhuine mé, suífidh mé ar mo ríchathaoir anois go ndéana sibh caint liom." Leoga, ba chosúil an uair sin go raibh an Glór ag teacht díreach ón ríchathaoir féin; mar sin de shiúil siad ina treo agus sheas siad i scuaine agus dúirt Dorataí:

"A Oz, tháinig muid lenár ngealltanas a éileamh."

"Cén gealltanas?" arsa Oz.

"Gheall tú go gcuirfeá ar ais go Kansas mé ach an Droch-Chailleach a scriosadh," arsa an cailín.

"Agus gheall tú inchinn domsa," arsa an Babhdán.

"Agus gheall tú croí domsa," arsa an Coillteoir Stáin.

"Agus gheall tú misneach domsa," arsa an Leon Cladhartha.

"Agus an fíor go bhfuil an Droch-Chailleach scriosta?" arsa an Glór, agus creathán ann dar le Dorataí.

"Is ea go deimhin," ar sise, "leáigh mé í le buicéad uisce."

"A thiarcais," arsa an Glór, "nach tobann mar a tharla! Bhuel, tagaigí chugam amárach, óir tá am uaim le mo mhachnamh a dhéanamh air."

"Bhí go leor ama agat cheana," arsa an Coillteoir Stáin agus fearg ina ghuth.

"Ní fhanfaimid lá amháin eile," arsa an Babhdán.

"Caithfidh tú do chuid gealltanas a chomhlíonadh dúinn!" arsa Dorataí.

Shíl an Leon go mbeadh sé chomh maith aige an tAsarlaí a scanrú, mar sin de lig sé búir mhór ard a bhí chomh fíochmhar imeaglach sin gur tháinig scaoll ar Thótó agus léim sé uaidh gur leag sé an scáileán a bhí sa chúinne. Nuair a thit sé de thuairt d'amharc siad an treo sin agus an méid a chonaic siad, chuir sé iontas orthu. Nó chonaic siad ina sheasamh san áit a bhí folaithe ag an scáileán, seanfhear beag, blagaid air agus a aghaidh lán roc, agus a oiread ionadh airsean agus a bhí orthusan de réir dealraimh. D'ardaigh an Coillteoir Stáin a thua agus thug sé ruathar faoin bhfirín agus é ag scairteadh amach:

"Cé thú féin?"

"Is mise Oz Ollmhór Uafásach," arsa an fear beag agus creathán ina ghuth. "Ach ná buail mé—impím ort—agus déanfaidh mé rud ar bith daoibh."

D'fhéach ár gcairde air agus ionadh agus an-bhuain orthu.

"Ach shíl mé gur Chloigeann mór ab ea Oz," arsa Dorataí.

"Agus shíl mise gur Spéirbhean álainn ab ea Oz," arsa an Babhdán.

"Agus shíl mise gur Bheithíoch uafásach ab ea Oz," arsa an Coillteoir Stáin.

"Agus shíl mise gur Chaor Thine ab ea Oz," arsa an Leon.

"Ní hea, níl an ceart ag duine ar bith agaibh," arsa an bunfhear go ceansa. "Bhí mé ag cur i gcéill."

"Ag cur i gcéill!" arsa Dorataí de bhéic. "An ea nach Asarlaí Mór thú?"

"Fuist, a iníon ó," ar seisean. "Ná bí ag caint chomh hard sin nó cloisfear thú—agus bheinn scriosta. Tá ainm an Asarlaí Mhóir orm."

"Agus nach amhlaidh duit?" ar sise.

"Ní hea ná amhlaidh, a thaisce; níl ionam ach gnáth-dhuine."

"Is mór thairis sin thú," arsa an Babhdán de ghlór míshásta; "is slíodóir thú."

"Go díreach donn!" arsa an fear beag, ag cuimilt a lámha dá chéile dó mar a bheadh sé ag taitneamh leis. "Is slíodóir mé."

"Ach tá léan air seo," arsa an Coillteoir Stáin. "Conas a bheadh mo chroí agam feasta?"

"Nó mo mhisneach agamsa?" arsa an Leon.

"Nó m'inchinn agamsa?" arsa an Babhdán d'ochlán, agus é ag cuimilt na ndeor dá shúile le muinchille a chóta.

"A chairde ionúine," arsa Oz, "ná bígí ag caint faoi na mionchúrsaí seo, más é bhur dtoil é. Cuimhnígí orm féin agus ar an gcruachás a bhfuil mé ann anois gur rugadh orm."

*"Go díreach donn! Is slíodóir mé."*

"An bhfuil a fhios ag duine ar bith eile gur slíodóir thú?" arsa Dorataí.

"Níl a fhios ag duine ar bith seachas an ceathrar agaibh—agus mé féin," arsa Oz. "Tá mé ag cur dalla-mullóg ar chách leis na cianta fada agus shíl mé nach mbéarfaí orm feasta choíche. Ba mhór an dearmad a rinne mé nuair a lig mé isteach i Seomra na Ríchathaoireach sibh an chéad lá riamh. Ní ligim isteach mo chuid géillsineach féin go hiondúil, agus mar sin creideann siad gur rud uafásach mé."

"Ach ní thuigim," arsa Dorataí agus mearbhall uirthi. "Conas gur nocht tú os mo choinne i do Chloigeann mór?"

"Sin cleas dá bhfuil agam," arsa Oz. "Tagaigí an bealach seo, le bhur dtoil, agus inseoidh mé daoibh."

Threoraigh sé iad go seomra beag i gcúl Sheomra na Ríchathaoireach. Dhírigh sé a mhéar i dtreo cúinne mar a raibh an Cloigeann mór, é déanta dá lán ciseal páipéir agus gnúis péinteáilte air go cúramach.

"Chroch mé seo ón síleáil le sreang," arsa Oz. "Sheas mé ar gcúl an scáileáin agus tharraing mé snáth chun na súile a bhogadh agus an béal a oscailt."

"Ach cad faoin nglór?" ar sise.

"Tá, is bolgchainteoir mé," arsa an firín beag. "Féadaim fuaim mo ghlóir a theilgean pé áit is mian liom, dá thairbhe sin shíl tú go raibh sé ag teacht as an gCloigeann. Seo na rudaí eile ar bhain mé úsáid astu le bob a bhualadh oraibh." Thaispeáin sé don Bhabhdán an gúna agus an aghaidh fidil a chuir sé air nuair a bhí cosúlacht na Spéirmhná áille air. Agus chonaic an Coillteoir Stáin nach raibh sa Bheithíoch uafásach ach

baisc seithí fuaite le chéile agus slata adhmaid ag coinneáil
an dá thaobh ó chéile. Maidir leis an gCaor Thine, chroch
an bréagdhraíodóir í sin den tsileáil. Ceirtlín cadáis a bhí
inti i bhfírinne, ach nuair a dhoirtfeá ola air dhófadh sé
go borb.

"In ainm Chroim," arsa an Babhdán, "ba chóir duit
náire a bheith ort, a leithéid de shlíodóir is atá ionat."

"Agus tá, muise—gan aon agó," arsa an fear beag
go brónach; "ach ní raibh an dara rogha agam. Bígí i
bhur suí, le bhur dtoil, tá neart cathaoireacha ann; agus
inseoidh mé mo scéal daoibh."

Agus shuigh siad fúthu agus d'éist siad agus seo an
scéal a d'inis sé:

"Rugadh mé in Omaha—"

"Muise, achar beag ó Khansas é sin!" arsa Dorataí
de bhéic.

"Is fíor duit, ach achar mór ón áit seo é," ar seisean
ag croitheadh a chinn go ciamhair. "Nuair a tháinig mé
in aois rinneadh bolgchainteoir díom, agus d'oil máistir
mór mé go sármhaith. Féadaim aithris a dhéanamh ar
gach uile shórt éin nó ainmhí." Ansin rinne sé meamhlach
a bhí chomh cosúil le puisín is gur chuir Tótó cluas air féin
agus d'amharc sé i ngach aon áit féachaint cá raibh sé. "I
ndiaidh tamaill," lean Oz leis, "chaill mé spéis ann sin
agus chuaigh mé i mo bhalúnaí."

"Agus céard é sin?" arsa Dorataí.

"Duine a théann suas i mbalún lá an tsorcais, chun
slua daoine a tharraingt le chéile agus cur ina luí orthu
íoc le dul chuig an sorcas," a mhínigh sé.

"Ó," ar sise, "tá a fhios agam."

"Bhuel, chuaigh mé suas i mbalún lá amháin agus chuaigh na téada in achrann ar mhodh is nárbh fhéidir liom teacht anuas arís. Chuaigh sé i bhfad suas thar na néalta, chomh fada in airde is gur bhuail sruth aeir é a d'iompar a lán lán mílte ar shiúl é. Thaistil mé tríd an aer lá go n-oíche, agus dhúisigh mé ar maidin an lá arna mhárach agus chonaic mé go raibh an balún ar foluain os cionn tíre aduaine áille.

"Tháinig sé anuas de réir a chéile, agus níor gortaíodh mé in aon chor. Ach bhí mé i measc pobail eachtrannaigh agus nuair a chonaic siad mé ag teacht anuas ó néalta na spéire, cheap siad gurbh Asarlaí mór mé. Lig mé orm gurbh amhlaidh dom ar ndóigh, óir bhí eagla orthu romham agus gheall siad go ndéanfaidís pé ar bith rud orm.

"Le fastaím a dhéanamh, agus chun na daoine córa a choinneáil gnóthach, d'ordaigh mé dóibh an Chathair seo a thógáil, í sin agus mo Phálás; agus rinne siad amhlaidh go fonnmhar agus go maith. Ansin shíl mé, ós iathghlas álainn an tír, thabharfainn Cathair na Smaragaidí uirthi; agus chun go bhfeilfeadh an t-ainm

níos fearr chuir mé spéaclaí uaine ar na daoine go léir ar mhodh is gur uaine gach rud dá bhfeiceann siad."

"Ach nach bhfuil gach uile rud uaine anseo?" a d'fhiafraigh Dorataí.

"Níl ach oiread le cathair ar bith eile," arsa Oz; "ach nuair atá spéaclaí uaine ort, leoga beidh dealramh uaine ar gach rud dá bhfeiceann tú. Is iomaí bliain ó tógadh Cathair na Smaragaidí, óir bhí mise i m'fhear óg nuair a thug an balún anall anseo mé, agus tá an dubhaois agam. Ach tá spéaclaí uaine ar mo phobal leis an méid sin ama is go gceapann an chuid is mó acu gur Cathair Smaragaide í i ndáiríre, agus is fíor gur álainn an áit í, í lán seod, séad agus solamair. Tá mé i mo cheann maith do na daoine agus tá bá acu liom; ach ó tógadh an Pálás seo, d'fhan mé faoi ghlas agus níor thaithigh mé le duine ar bith acu.

"Bhí na Cailleacha ar na rudaí ba mhó a raibh eagla orm rompu, óir cé nach raibh cumhachtaí draíochta agam féin, fuair mé amach go raibh na Cailleacha in ann rudaí iontacha a dhéanamh i ndáiríre. Bhí ceathrar acu sa tír seo agus iad i gceannas na ndaoine a bhí ina gcónaí sa Tuaisceart agus sa Deisceart agus san Oirthear agus san Iarthar. Ar ámharaí an tsaoil, ba dea-chailleacha iad Cailleach an Tuaiscirt agus Cailleach an Deiscirt, agus bhí a fhios agam nach ndéanfaidís díobháil dom; ach b'olc uafásach iad Cailleach an Oirthir agus Cailleach an Iarthair, agus murach gur cheap siad gur chumhachtaí mise ná iad féin, ní foláir nó scriosfaidís mé. Mar a bhí an scéal, bhí eagla m'anama orm rompu ar feadh na mblianta fada; mar sin de, mura raibh áthas an domhain orm nuair a chuala mé gur thit do theach ar Dhroch-Chailleach an Oirthir, ní lá fós é. Nuair a tháinig sibh chugam, bhí mé sásta pé ar bith rud a ghealladh daoibh ach sibh an Chailleach eile a mharú; ach anois ó leáigh sibh í, is náir liom a rá nach bhféadaim mo chuid gealltanas a chomh-líonadh."

"Dar liom gur drochfhear amach is amach thú," arsa Dorataí.

"Ó, ní hea, a thaisce; i ndáiríre is dea-fhear mé, ach is droch-Asarlaí amach is amach mé, caithfidh mé a admháil."

"Nach bhfuil tú in ann inchinn a thabhairt dom?" arsa an Babhdán.

"Dheamhan inchinn atá de dhíth ort. Bíonn rud éigin á fhoghlaim agat gach lá. Tá inchinn ag leanbh, ach is beag eolas atá aige. Is í an taithí an t-aon rud a thugann eolas, agus dá fhad ar an saol seo duit, is amhlaidh is mó an taithí a gheobhaidh tú."

"B'fhéidir é," arsa an Babhdán, "ach chuirfeadh sé as go mór dom mura dtabharfá inchinn dom."

D'amharc an bréag-Asarlaí air go grinn.

"Tá," ar seisean agus é ag osnaíl, "is beag is fiú mé mar asarlaí, mar a dúirt mé; ach má thagann tú chugam maidin amárach líonfaidh mé do cheann le hinchinn. Ní fhéadaim a rá

leat conas í a úsáid, áfach; ní mór duit sin a fháil amach duit féin.”

“Ó, go raibh maith agat—go raibh céad míle maith agat!” arsa an Babhdán. “Gheobhaidh mé caoi le húsáid a bhaint aistí, ná bíodh imní ort!”

“Ach cá bhfágann sin mo mhisneach?” arsa an Leon go míshuaimhneach.

“Táim cinnte go bhfuil neart misnigh agat,” arsa Oz. “Níl uait ach muinín asat féin. Níl neach beo ann nach bhfuil eagla air in ucht an bhaoil. Is é an Fíormhisneach ná aghaidh a thabhairt ar an gcontúirt nuair atá eagla ort, agus tá an cineál sin misnigh go flúirseach agat.”

“B’fhéidir é, ach tá eagla orm mar sin féin,” arsa an Leon. “Chuirfeadh sé as go mór dom mura dtabharfá dom an cineál misnigh a ligeann an eagla chun dearmaid.”

“Tá go maith, tabharfaidh mé an cineál sin misnigh duit amárach,” arsa Oz.

“Agus céard faoi mo chroí?” arsa an Coillteoir Stáin.

“Tá, mar leis sin de,” arsa Oz, “dar liom nár ceart duit croí a iarraidh. Is brón a chuireann sé ar fhormhór na daoine. Dá mbeadh a fhios agat, tá an t-ádh agat is tú gan chroí.”

“Bíonn an dá bh’fhéidir ann,” arsa an Coillteoir Stáin. “Ó mo thaobhsa de, fulaingeoidh mé an brón go léir gan cheist gan cheasacht má thugann tú croí dom."

"Tá go maith," arsa Oz go ceansa. "Tar chugam amárach agus beidh croí agat. Tá mé ag ligean orm gur Asarlaí mé leis na blianta fada anuas, tá sé chomh maith agam leanúint liom sa pháirt píosa beag eile."

"Agus anois," arsa Dorataí, "conas a fhillfidh mé ar Khansas?"

"Beidh orainn smaoineamh faoi sin," arsa an firín beag. "Tabhair dom a dó nó a trí de laethanta le mo mhachnamh a dhéanamh ar an gceist agus féachaint an bhfaighidh mé caoi le d'iompar thar an bhfásach. Idir an dá linn beidh sibh ar aíocht agam, agus le linn daoibh a

bheith i bhur gcónaí sa Phálás freastalóidh mo dhaoine oraibh agus déanfaidh siad pé ar bith rud oraibh. Ní iarraim ach rud amháin oraibh ar son mo chúnaimh—dá laghad é. Caithfidh sibh é a choinneáil faoi rún gur slíodóir mé."

Thoiligh siad gan rud ar bith a rá faoina raibh ar eolas acu, agus d'fhill siad ar a seomra agus barra a gcroí acu. Bhí dóchas ag Dorataí féin go bhfaigheadh "An Slíodóir Ollmhór Uafásach", mar a thug sí air, caoi lena cur ar ais go Kansas, agus dá bhfaigheadh sé, mhaithfeadh sí gach uile rud dó.

# Caibidil XVI.
## Ealaíon Dhraíochta an tSlíodóra Mhóir.

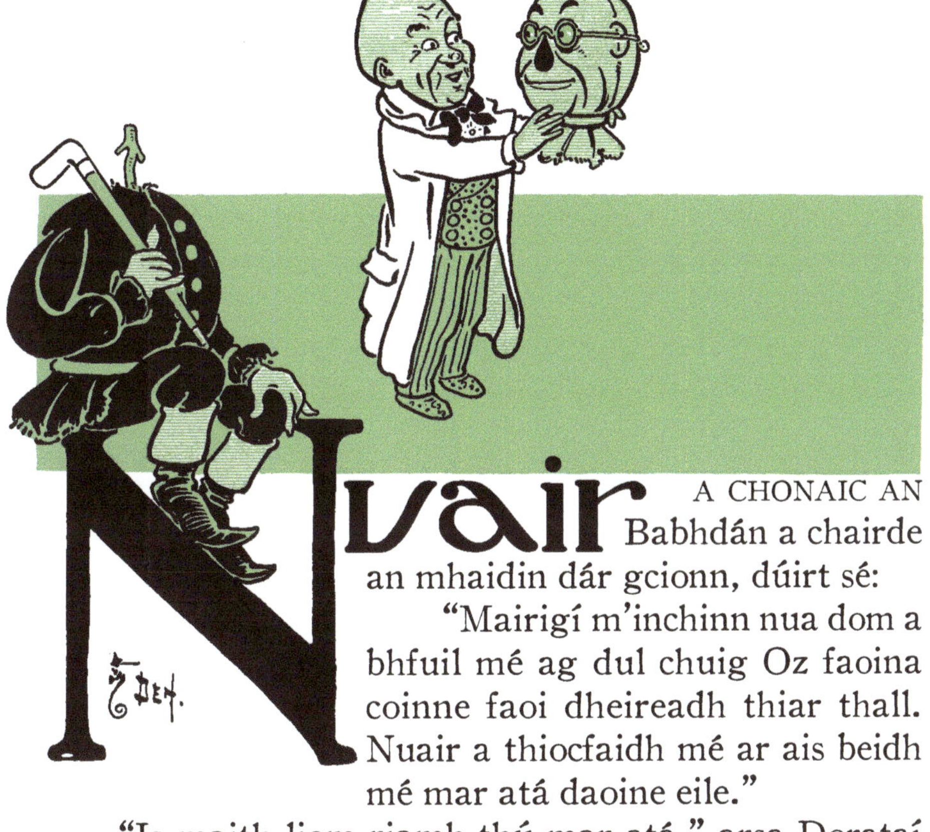

**N**UAIR A CHONAIC AN Babhdán a chairde an mhaidin dár gcionn, dúirt sé:

"Mairigí m'inchinn nua dom a bhfuil mé ag dul chuig Oz faoina coinne faoi dheireadh thiar thall. Nuair a thiocfaidh mé ar ais beidh mé mar atá daoine eile."

"Is maith liom riamh thú mar atá," arsa Dorataí go simplí.

"Is cineálta an mhaise duit gur maith leat Babhdán," ar seisean. "Ach níl aon amhras ná gur mó an meas a bheidh agat orm nuair a chluinfidh tú na sársmaointe a chuirfidh m'inchinn nua amach." Ansin d'fhág sé slán acu uilig go gealgháireach agus chuaigh go dtí Seomra na Ríchathaoireach agus bhuail sé cnag ar an doras.

"Bí istigh," arsa Oz.

Chuaigh an Babhdán isteach agus chonaic sé an firín beag ina shuí ag an bhfuinneog, agus é go domhain sa mhachnamh.

"Tá mé tagtha faoi choinne m'inchinne," arsa an Babhdán go cotúil.

"Tá go maith; suigh ar an gcathaoir sin, le do thoil," arsa Oz. "Gabh mo leithscéal faoi do cheann a bhaint díot, ach ní mór é a bhaint chun d'inchinn a chur san ionad ceart."

"Tá ceart," arsa an Babhdán. "Bain mo cheann díom agus fáilte, a fhad is gur fearr é nuair a chuirfidh tú ar ais é."

Mar sin scaoil an tAsarlaí a cheann dá cholainn agus bhain sé an cochán amach as. Ansin chuaigh sé isteach sa chúlseomra agus thóg sé miosúr bran mhóir agus mheasc sé leis an iomad biorán agus snáthaidí é. Chroith sé le chéile go maith iad agus líon baithis cheann an Bhabhdáin den chumasc agus stuáil sé an chuid eile den spás le cochán chun é a choinneáil ina ionad. I ndiaidh dó cloigeann an Bhabhdáin a cheangal dá cholainn arís, dúirt sé leis:

"Beidh tú i d'fhear mór feasta, óir thug mé an dúrud inchinne amach ón tsnáthaid duit."

Ba mhór an ríméad a bhí ar an mBabhdán gur fíoraíodh an mian ba mó dá raibh aige, agus i ndiaidh dó buíochas ó chroí a ghabháil le hOz chuaigh sé ar ais chuig a chairde.

D'amharc Dorataí air go fiosrach. Bhí bolg amach ar bharr a chloiginn de thairbhe na hinchinne.

"Conas a mhothaíonn tú?" ar sise.

*"Mothaím go críonna, muise,"* a dúirt an Babhdán.

"Mothaím go críonna, muise," ar seisean go dúthrachtach. "Nuair a bheas mé cleachta le m'inchinn beidh fios gach ní agam."

"Cén fáth a bhfuil na snáthaidí agus na bioráin sin ag gobadh amach as do chloigeann?" arsa an Coillteoir Stáin.

"Tugann sin le fios go bhfuil sé géar," arsa an Leon.

"Bhuel, caithfidh mise dul chuig Oz faoi choinne mo chroí," arsa an Coillteoir. Leis sin shiúil sé go dtí Seomra na Ríchathaoireach agus bhuail sé cnag ar an doras.

"Bí istigh," arsa Oz, agus tháinig an Coillteoir isteach agus dúirt, "Tá mé tagtha faoi choinne mo chroí."

"Tá go maith," arsa an fear beag. "Ach beidh orm poll a ghearradh i d'ucht chun an croí a chur san ionad ceart. Tá súil agam nach ngortóidh sé thú."

"Ní ghortóidh, muise," arsa an Coillteoir. "Ní mhothóidh mé a dhath."

Agus thug Oz deimheas stánadórá agus ghearr sé poll beag cearnógach sa taobh clé d'ucht an Choillteora Stáin. Ansin, chuaigh sé go dtí cófra tarraiceán agus bhain sé amach croí gleoite, é déanta go hiomlán as síoda agus stuáilte le min sáibh.

"Nach álainn é?" ar seisean.

"Sea go deimhin!" arsa an Coillteoir agus áthas air. "Ach an cineálta an croí é?"

"An-chineálta ar fad, leoga!" arsa Oz. Chuir sé an croí in ucht an Choillteora agus ansin chuir sé an chearnóg stáin ar ais agus shádráil sé go slachtmhar san áit ar gearradh í.

"Anois," ar seisean; "tá croí agat a chuirfeadh laochas ar dhuine ar bith. Tá brón orm gur chuir mé paiste ar d'ucht ach ní raibh neart air."

"Nach cuma faoin bpaiste?" arsa an Coillteoir sásta. "Tá mé buíoch díot, agus ní dhéanfaidh mé dearmad de do chineáltas choíche."

"Ní fiú duit é!" arsa Oz.

Ansin d'fhill an Coillteoir Stáin ar a chairde, a mhair a rath agus a bhláth dó.

Ansin shiúil an Leon go dtí Seomra na Ríchathaoireach agus bhuail sé cnag ar an doras.

"Bí istigh," arsa Oz.

"Tá mé tagtha faoi choinne mo mhisnigh," arsa an Leon, ag teacht isteach sa tseomra dó.

"Tá go maith," arsa an fear beag; "gheobh-aidh mé duit é."

Chuaigh sé go dtí cófra agus bhain sé anuas buidéal uaine cearnógach de sheilf ard, dhoirt sé a raibh ann isteach i mias óruaine greanta galánta. Chuir sé sin roimh an Leon Cladhartha, a bholaigh de mar nár mhaith leis é, agus dúirt an tAsarlaí:

"Ól siar é."

"Cad é an rud é?" arsa an Leon.

"Tá," arsa Oz, "dá mbeadh sé laistigh díot, ba mhisneach é. Tá a fhios agat, ar ndóigh, gur laistigh an misneach i gcónaí; mar sin de ní féidir a rá gur misneach é seo i ndáiríre go dtí go sloga tú é. Dá bharr sin, molaim duit é a ól chomh luath agus is féidir."

Gan a thuilleadh moille, d'ól an Leon go dtí go raibh an mias folamh.

"Conas a mhothaíonn tú anois?" arsa Oz.

"Lán misnigh," arsa an Leon, a chuaigh ar ais chuig a chairde faoi áthas le hinis dóibh faoina shonas.

Agus é fágtha leis féin, rinne Oz miongháire faoin lámh mhaith a rinne sé den rud a shíl siad uathu a thabhairt don Bhabhdán agus don Choillteoir Stáin agus don Leon. "Conas nach mbeinn i mo shlíodóir," ar seisean, "agus iad seo uile ag tabhairt orm rudaí a dhéanamh a bhfuil a fhios ag an domhan nach féidir iad? B'fhurasta an rud sonas a chur ar an mBabhdán agus ar an Leon agus ar an gCoillteoir, óir shamhlaigh siad dóibh féin go raibh sé ionam mo rogha rud a dhéanamh. Ach ní leor an tsamhlaíocht chun Dorataí a thabhairt ar ais go Kansas, agus ar m'anam nach bhfuil a fhios agam conas a dhéanfar é."

Caibidil XVII.
An Dóigh ar
Lainseáladh
an Balún.

**F**ágadh Dorataí trí lá gan scéala ar bith ó Oz. Laethanta brónacha a bhí iontu don ghirseach, cé go raibh a cairde uilig sona sásta. D'inis an Babhdán dóibh go raibh smaointe iontacha istigh ina cheann; ach ní nochtadh sé iad nó bhí a fhios aige nach dtuigfeadh duine ar bith iad ach é féin. Mhothaíodh an Coillteoir Stáin a chroí ag gliogarnach thart ina ucht agus é ag siúl; agus d'inis sé do Dhorataí gur cineálta is gur boige é mar chroí ná an croí a bhí aige agus é ina dhuine feola. Dúirt an Leon nach raibh eagla air roimh rud ar bith ar clár talún, agus gur fonnmhar a thabharfadh sé aghaidh ar arm nó ar dhosaen de na Caileadaí fíochmhara.

Mar sin bhí gach duine den bhaicle bheag sásta seachas Dorataí, ar mhó a cumha i ndiaidh Khansas ná riamh.

An ceathrú lá, chuir Oz fios uirthi, rud a chuir áthas an domhain uirthi, agus nuair a chuaigh sí isteach i Seomra na Ríchathaoireach bheannaigh sé go lách di:

"Bí i do shuí, a thaisce; ceapaim go bhfuair mé an chaoi chun tú a thabhairt amach as an tír seo."

"Agus ar ais go Kansas?" ar sise go díocasach.

"Bhuel, nílim cinnte faoi Khansas," arsa Oz, "óir dheamhan a fhios agam cén treo a bhfuil sé. Ach is é an chéad rud le déanamh ná an fásach a thrasnú, agus ansin ba chóir go mbeidh sé furasta do bhealach abhaile a fháil."

"Agus conas a thrasnóinn an fásach?" ar sise.

"Bhuel, inseoidh mé mo thuairim duit," arsa an fear beag. "An bhfuil a fhios agat, ba i mbalún a tháinig mise go dtí an tír seo. Tríd an aer a tháinig tusa freisin, agus an cuaranfa do d'iompar. Dá bharr sin, dar liom gur tríd an aer an chaoi is fearr le dul trasna an fhásaigh. Anois, tá sé thar mo chumas amach cuaranfa a dhéanamh; ach bhí mé ag déanamh mo mhachnaimh agus ceapaim go bhfuilim in ann balún a dhéanamh."

"Agus conas sin?" arsa Dorataí.

"Tá," arsa Oz, "is as síoda atá balún déanta, agus cóta gliú air sin chun an gás a choinneáil istigh. Tá neart síoda agam sa Phálás, mar sin níl aon deacracht ann maidir le balún a dhéanamh. Ach sa tír seo uile níl gás ann chun an balún a líonadh, lena thógáil suas san aer."

"Mura dté sé suas," arsa Dorataí, "ní cabhair ná cúnamh dúinn é."

"Is fíor duit," arsa Oz. "Ach tá caoi eile ann lena thógáil suas, mar atá é a líonadh le haer te. Níl aer te chomh maith le gás, óir dá bhfuaródh an t-aer thiocfadh an balún anuas san fhásach agus bheimis caillte."

"Bheimis!" arsa an cailín. "An ea go rachaidh tusa liom?"

"Sea, cinnte," arsa Oz. "Tá mé dubh dóite de bheith i mo shlíodóir. Dá rachainn amach as an bPálás seo ba bheag go bhfaigheadh mo phobal amach nach Asarlaí mé, agus ansin bheidís i bhfeirg liom mar gheall air gur chuir mé dallamullóg orthu. Dá thairbhe sin bíonn orm fanacht faoi ghlas sna seomraí seo an lá ar fad, agus tá mé ag éirí leamh de. B'fhearr liom go deo dul ar ais go Kansas leat féin agus dul le sorcas arís."

"Beidh mé an-sásta le do chomhluadar," arsa Dorataí.

"Go raibh maith agat," ar seisean. "Anois, má chabhraíonn tú liom an síoda a fhuail i gceann a chéile, rachaimid i mbun ár mbalún a dhéanamh."

Fuair Dorataí snáthaid agus snáth, agus chomh túisce is a ghearr Oz na stiallacha síoda ina gcruth ceart d'fhuaigh an cailín go slachtmhar le chéile iad. Ar dtús bhí stiall síoda ghealuaine, ansin stiall dhubhuaine agus ansin stiall ghlasuaine; nó bhí

nóisean ar Oz an balún a dhéanamh faoi imireacha éagsúla den dath a bhí thart timpeall orthu. Thóg sé trí lá orthu na stiallacha uilig a fhuáil le chéile, ach nuair a bhí sé críochnaithe bhí mála mór síoda uaine acu níos mó ná fiche troigh ar fad.

Ansin chuir Oz brat gliú chaoil ar an taobh istigh chun é a dhéanamh aerobach, agus ina dhiaidh sin d'fhógair sé go raibh an balún réidh.

"Ach is gá dúinn ciseán le taisteal inti," ar seisean. Mar sin de chuir sé saighdeoir na féasóige uaine faoi choinne ciseáin éadaí mhóir, agus cheangail sé de bhun an balúin é lena lán téad.

Nuair a bhí an rud go léir réidh, chuir Oz scéala chuig a phobal go raibh sé le cuairt a thabhairt ar chomh-Asarlaí mór a bhí ina chónaí sna néalta. Scaip an scéal go sciobtha tríd an chathair agus tháinig gach aon duine le féachaint ar an radharc iontach.

D'ordaigh Oz an balún a thabhairt amach os comhair an Pháláis agus stán na daoine air le teann fiosrachta. Bhí carn mór connaidh gearrtha ag an gCoillteoir Stáin, agus anois rinne sé tine de, agus chuir Oz béal an bhalúin os cionn na tine ar mhodh is go ngabhfadh an t-aer te a d'éirigh uaithi isteach sa mhála síoda. Bholg an balún de réir a chéile agus d'ardaigh sé san aer go dtí gurbh ar éigean go raibh an ciseán ag teagmháil leis an talamh.

Ansin chuaigh Oz isteach sa chiseán agus dúirt sé leis an bpobal de ghuth ard:

"Tá mé ag imeacht ar cuairt. Fad is a bheidh mé as baile, rialóidh an Babhdán sibh. Ordaím daoibh rud a dhéanamh air mar a dhéanfadh sibh ormsa."

Faoin am seo bhí an balún ag tarraingt go tréan ar an téad a raibh sé ceangailte den talamh léi, nó bhí an t-aer istigh ann te, agus dá bharr sin bhí sé níos éadroime ná an t-aer amuigh agus tharraing sé go tréan le dul suas sa spéir.

"Téana ort, a Dhorataí!" arsa an tAsarlaí. "Déan deifir nó imeoidh an balún ar eitilt."

"Níl Tótó le fáil agam in áit ar bith," arsa Dorataí, nach raibh fonn uirthi a madra beag a fhágáil ina diaidh. Bhí Tótó i ndiaidh reatha i measc an tslua le tafann le puisín, agus tháinig Dorataí air faoi dheireadh. Thóg sí é agus rith i dtreo an bhalúin.

Bhí sí faoi chúpla coiscéim de, agus Oz ag síneadh a láimhe lena cuidiú isteach sa chiseán,

agus pléasc! as na téada, agus d'éirigh an balún suas san aer gan í.

"Tar ar ais!" a scairt sí. "Tá mise ag iarraidh dul freisin!"

"Ní fhéadaim teacht ar ais, a iníon ó," arsa Oz ón gciseán. "Slán agat! Slán agaibh!"

"Slán leat!" a scairt gach duine, agus gach súil in airde mar a raibh an tAsarlaí sa chiseán, agus é ag dul níos airde sa spéir de réir an nóiméid.

Agus ní fhaca duine ar bith acu Oz, Asarlaí Iontach, riamh ó shin, cé go mb'fhéidir gur bhain sé Omaha slán amach agus gurb ansin dó anois, go bhfios dúinn. Ach bhí cion ag na daoine air ina gcuimhne, agus dúirt siad lena chéile:

"Ba chara dúinn riamh é Oz. Agus é anseo, thóg sé an chathair álainn seo dúinn, Cathair na Smaragaidí, agus anois gur imigh sé, d'fhág sé an Babhdán Críonna lenár rialú."

Mar sin féin, is iomaí lá agus iad ag déanamh bróin i dtaobh an Asarlaí Iontaigh, agus ní raibh sólás ann dóibh.

# Caibidil XVIII.
## Ó Dheas Dóibh.

**D**eireadh

DÚILE A BHAIN DORATAÍ DE dhul ar ais go Kansas, agus dhoirt sí deora goirte dá bharr sin; ach i ndiaidh di a machnamh a dhéanamh air, bhí sí sásta nach ndeachaigh sí suas sa bhalún. Agus ba chúis bróin di féin agus dá compánaigh gur chaill siad Oz.

Tháinig an Coillteoir Stáin chuici agus dúirt: "B'olc an chomaoin dom gan beochaoineadh a dhéanamh ar son an duine a thug croí gleoite dom. Ba mhaith liom gol beagáinín i ndiaidh Oz, murar mhiste leat mo chuid deor a thriomú ionas nach dtaga meirg orm."

"Triomóidh agus fáilte," ar sise agus fuair sí tuáille

láithreach. Ansin ghoil an Coillteoir Stáin go ceann roinnt nóiméad, agus bhreathnaigh sí go grinn ar na deora agus chuimil sí iad leis an tuáille. Nuair a bhí sé réidh, ghabh sé buíochas ó chroí léi agus bhealaigh sé é féin go maith lena channa ola seodmhar, le seachain ar mhíthapa.

Ba é an Babhdán rialtóir Chathair na Smaragaidí anois, agus cé nárbh Asarlaí é bhí na daoine bródúil as. "Mar," ar siadsan, "níl cathair eile ar domhan á rialú ag fear stuáilte." Agus, go bhfios dóibhsean, bhí an ceart ar fad acu.

An mhaidin i ndiaidh don bhalún dul suas agus Oz leis, bhuail an ceathrar taistealaithe le chéile i Seomra na Ríchathaoireach agus chíor siad cúrsaí. Bhí an Babhdán ina shuí ar an ríchathaoir mhór agus an chuid eile acu ina seasamh go hurramach roimhe.

"Níl muid chomh mí-ámharach sin," arsa an rialtóir nua, "nó is linne an Pálás seo agus Cathair na Smaragaidí, agus tá cead ár gcinn againn. Nuair a chuimhním air gur gearr ó bhí mé ar chuaille i ngort feirmeora agus anois tá mé i mo rialtóir sa Chathair álainn seo, tá mé sásta go leor le mo shaol."

"Tá agus mise," arsa an Coillteoir Stáin, "tá mé lán-sásta de mo chroí nua; agus, déanta na fírinne, ní raibh de mhian agam ar domhan ach é."

"Maidir liom féin, tá mé sásta a fhios a bheith agam go bhfuil mé chomh cróga céanna le beithíoch ar bith dá raibh ann riamh, nó níos cróga b'fhéidir," arsa an Leon go humhal.

"Dá mbeadh Dorataí sásta cónaí i gCathair na Smaragaidí," arsa an Babhdán, "bheimis uilig sona sásta le chéile."

*Bhí an Babhdán ina shuí ar an ríchathaoir mhór.*

"Ach ní mian liom cónaí abhus anseo," arsa Dorataí de bhéic. "Tá mé ag iarraidh dul go Kansas, in aontíos le m'Aintín Eim agus m'Uncail Anraí."

"Agus mar sin de, cad é atá le déanamh?" arsa an Coillteoir.

Shocraigh an Babhdán smaoineamh, agus smaoinigh sé chomh dian sin is gur sháigh na biorán agus na snáthaidí amach as a inchinn. Ar deireadh dúirt sé:

"Cén fáth nach gcuirimid scairt ar na Moncaithe Eiteacha agus iarraidh orthu thú a iompar thar an bhfásach?"

"Níor smaoinigh mé riamh air sin!" arsa Dorataí go lúcháireach. "Sin an rud díreach ceart. Rachaidh mé láithreach bonn faoi choinne an Bhairéid Órga."

Nuair a thug sí isteach i Seomra na Ríchathaoireach é, dúirt sí an briocht draíochta, agus ar ball beag tháinig buíon na Moncaithe Eiteacha isteach an fhuinneog oscailte agus sheas lena taobh.

"Seo an dara huair a chuireann tú scairt orainn," arsa Rí na Moncaithe, ag umhlú roimh an ngirseach. "Cad is mian leat?"

"Iarraim oraibh mé a thabhairt libh go Kansas," arsa Dorataí.

Ach chroith Rí na Moncaithe a cheann.

"Ní féidir é sin a dhéanamh," ar seisean. "Is leis an tír seo amháin a bhainimid, agus ní fhéadaimid í a fhágáil. Ní raibh Moncaí Eiteach riamh i gKansas, agus is dócha nach mbeidh choíche, óir ní bhaineann siad leis an tír sin. Beimid sásta freastal ort ar feadh ár gcumas, ach ní féidir linn an fásach a thrasnú. Slán agat."

Agus le humhlú eile, spréigh Rí na Moncaithe a sciatháin agus d'eitil ar shiúl tríd an bhfuinneog, agus a bhuíon go léir lena chois.

Bhí Dorataí ar tí gol le teann díomá.

"Chuir mé ortha an Bhairéid Órga amú," ar sise, "nó ní fhéadann na Moncaithe Eiteacha cuidiú liom."

"Tá go riabhach, muise!" arsa Coillteoir an chroí cheanúil.

Bhí an Babhdán i mbun smaointe arís, agus a cheann ag bolg amach chomh millteanach sin is gur shíl Dorataí go raibh sé i riocht réabtha.

"Cuirimis fios ar shaighdiúir na féasóige uaine," ar seisean, "agus dul i gcomhairle leis-sean."

Gaireadh ar an saighdiúir agus tháinig sé isteach i Seomra na Ríchathaoireach go cúthail, nó a fhad is a bhí Oz beo ní raibh cead aige teacht thar an doras isteach.

"Is mian leis an ngirseach seo," arsa an Babhdán leis an saighdiúir, "dul trasna an fhásaigh. Conas a dhéanfadh sin?"

"Ní fios dom," arsa an saighdiúir, "mar níor thrasnaigh duine ar bith an fásach riamh, murab Oz féin."

"Nach bhfuil duine ar bith atá in ann cuidiú liom?" arsa Dorataí go dúthrachtach.

"Glionda b'fhéidir," a mhol sé.

"Cé hí Glionda?" arsa an Babhdán.

"Tá, Cailleach an Deiscirt. Tá sí ar an gcailleach is cumhachtaí dá bhfuil ann, agus rialaíonn sí na Cuadlaínigh. Ina theannta sin, tá a caisleán ar imeall an fhásaigh, mar sin de is féidir go bhfuil fios a thrasnaithe aici."

"Is Dea-Chailleach í Glionda, nach ea?" arsa an páiste.

"Dar leis na Cuadlaínigh gur maith í," arsa an saighdiúir, "agus bíonn sí cineálta carthanach le cách. Chuala mé gur bean álainn í Glionda agus go bhfuil a fhios aici cuma na hóige a choinneáil uirthi in ainneoin na mblianta fada atá caite aici."

"Conas a bhainfidh mé a caisleán amach?" arsa Dorataí.

"Tá an bealach díreach ó dheas," ar seisean, "ach tá an t-iomrá go bhfuil sé lán contúirtí do thaistealaithe. Tá beithígh allta sna coillte, agus cine aisteach daoine nach maith leo go dtrasnaíonn na heachtrannaigh a dtír. Ar an ábhar sin ní thagann duine ar bith de na Cuadlaínigh riamh go dtí Cathair na Smaragaidí."

Ansin d'imigh an saighdiúir agus dúirt an Babhdán:

"Is dóigh, ainneoin na gcontúirtí, gurb é an rud is fearr ná go dtaistealaí Dorataí ó dheas go dtí an Tír Theas agus go n-iarra sí cuidiú ar Ghlionda. Nó má fhanann Dorataí anseo, ar ndóigh, ní rachaidh sí ar ais go Kansas choíche."

"Caithfidh go raibh tú ag smaoineamh arís," arsa an Coillteoir Stáin.

"Bhí," arsa an Babhdán.

"Rachaidh mise le Dorataí," arsa an Leon, "nó tá mé bréan de bhur gCathair agus tá cumha orm i ndiaidh na gcoillte agus na tuaithe. Is beithíoch allta mé i ndiaidh an iomláin, an dtuigeann sibh. Seachas sin, beidh cosaint de dhíth ar Dhorataí."

"Is fíor duit," arsa an Coillteoir. "B'fhéidir go rachadh mo thua chun fónaimh di; mar sin de rachaidh mise léi freisin go dtí an Tír Theas."

"Cén uair a thosóimid?" arsa an Babhdán.

"An bhfuil tusa ag teacht?" ar siadsan agus iontas orthu.

"Cinnte. Murach Dorataí ní bheadh inchinn agam riamh. Thóg sí den chuaille sa ghort mé agus thug sí léi go Cathair na Smaragaidí mé. Mar sin de is ise údar m'áidh go léir, agus ní fhágfaidh mé í go dtí go mbeidh sí ar an mbealach ar ais go Kansas faoi dheireadh is faoi dheoidh."

"Go raibh maith agat," arsa Dorataí go buíoch. "Tá sibh uilig an-chineálta liom. Ach ba mhaith liom tosú chomh luath agus is féidir."

"Rachaimid maidin amárach," arsa an Babhdán. "Agus anois déanaimis réidh, nó is fada an turas atá romhainn."

Caibidil XIX.
Faoi Ionsaí ag
na Crainn Chomhraic.

**T**HUG DORATAÍ PÓG DON chailín deas uaine agus d'fhág slán aici, agus chroith siad uilig lámh le saighdiúir na féasóige uaine, a shiúil leo chomh fada leis an ngeata. Nuair a chonaic Coimeádaí an Gheata iad arís ba mhór an mearbhall air go bhfágfaidís an Chathair álainn le trioblóid nua a tharraingt orthu féin. Ach bhain sé an glas dá spéaclaí, a chuir sé sa bhosca uaine, agus chuir sé a sheacht mbeannacht leo.

"Is tusa ár rialtóir anois," ar seisean leis an mBabhdán; "mar sin de tá ort teacht ar ais chugainn an túisce is féidir."

"Cinnte go dtiocfaidh, má bhím in ann," arsa an Babhdán; "ach caithfidh mé cuidiú le Dorataí dul abhaile ar dtús."

Agus Dorataí ag fágáil slán ag an gCoimeádaí lách don uair dheireanach, dúirt sí:

"Caitheadh go cineálta carthanach liom i bhur gCathair galánta, agus gach duine lách liom. Tá mé buíoch thar insint díbh."

"Níl cuid bhuíochais ann, a thaisce," ar seisean. "Ba mhaith linn againn thú, ach más mian leat dul ar ais go Kansas, go n-éirí an bóthar leat." Ansin d'oscail sé geata an bhalla lasmuigh agus shiúil siad rompu agus chuir siad chun bóthair.

Bhí an ghrian ag soilsiú go taitneamhach agus thug ár gcairde aghaidh ar an Tír Theas. Bhí siad uilig mórmheanmnach agus ag gáire agus ag caint le chéile. Bhí Dorataí lán dóchais arís go rachadh sí abhaile, agus bhí an Babhdán agus an Coillteoir Stáin sásta go raibh siad ag tabhairt cabhrach di. Maidir leis an Leon, tharraing sé bolgam den aer úr isteach agus ba ola ar a chroí é agus ghread sé a eireaball ó thaobh go taobh le háthas as a bheith faoin tuath arís, agus rith Tótó thart orthu, é sa tóir ar na féileacáin agus ar na leamhain agus ag tafann go meidhreach an t-am ar fad.

"Ní réitíonn saol na cathrach liom ar chor ar bith," arsa an Leon, agus iad ag siúl leo go scafánta. "Chaill mé mórán feola ó bhí mé ansin, agus anois tá fonn orm taispeáint do na beithígh eile cé chomh cróga is a d'éirigh mé."

Thiontaigh siad agus bhain lán a súl de Chathair na Smaragaidí den uair dheireanach. Ní fhaca siad ach mothar túr agus spuaiceanna taobh thiar den bhalla uaine, agus in airde thar gach rud eile bhí stuaiceanna agus cruinneachán Phálás Oz.

*Lúb na craobhacha anuas agus chas thart air.*

"Ní raibh Oz chomh dona sin mar Asarlaí i ndiaidh an iomláin," arsa an Coillteoir Stáin, agus é ag mothú a chroí ag gliogarnach thart ina ucht.

"Bhí sé ábalta inchinn a thabhairt dom, agus nach maith an inchinn a thug sé dom," arsa an Babhdán.

"Dá nglacadh Oz dáileog den mhisneach céanna a thug sé domsa," arsa an Leon, "ba chróga chalma an fear é."

Ní dúirt Dorataí tada. Níor chomhlíon sé an gealltanas a thug sé di, ach rinne sé a dhícheall, mar sin de níor thóg sí air é. Mar a dúirt sé féin, ba mhaith an fear é, má ba dona féin an tAsarlaí é.

Thug aistear an chéad lae iad trí bhánta glasa agus bláthanna glédhathacha ag síneadh timpeall Chathair na Smaragaidí uathu ar gach taobh. Chodail siad an oíche sin ar an bhféar, gan díon os a gcionn ach blaosc bánbhreac an aeir; agus is iad a chodail go maith.

Ar maidin thaistil siad leo go dtí gur tháinig siad chuig coill dhlúth. Ní raibh bealach timpeall uirthi, nó ba chosúil gur shín sí fad amhairc uathu soir agus siar; agus lena chois sin, ní raibh siad ag iarraidh treo a dturais a athrú ar eagla go rachaidís ar seachrán. Mar sin de chuardaigh siad an áit arbh fhusa dul isteach sa choill.

Faoi dheireadh tháinig an Babhdán, a bhí chun tosaigh, ar chrann mór ar shín a chraobhacha chomh leathan sin is go raibh slí isteach don bhuíon fúthu. Mar sin shiúil sé rompu chomh fada leis an gcrann, ach nuair a tháinig sé faoi bhun na chéad chraobhacha lúb siad anuas agus chas thart air, agus an chéad rud eile ardaíodh ón talamh é agus teilgeadh i measc a chompánach é.

Níor gortaíodh an Babhdán, ach baineadh stangadh as agus bhí meabhrán ina cheann nuair a thóg Dorataí é.

"Seo slí eile tríd na crainn," arsa an Leon.

"Bainimse triail as ar dtús," arsa an Babhdán, "nó ní ghortaítear mé má chaitear mé thart." Shiúil sé suas chuig crann eile, ach rug na craobhacha greim air ar an toirt agus chaith ar ais arís é.

"Nach aisteach é seo," arsa Dorataí. "Céard a dhéanfaimid?"

"Is cosúil go bhfuil beartaithe ag na crainn muid a throid agus cosc a chur lenár dturas," arsa an Leon.

"Bainfidh mé féin triail as," arsa an Coillteoir, ag cur a thua ar a ghualainn, agus rinne sé ar an chéad chrann a chaith chomh borb sin leis an mBabhdán. Nuair a lúb craobh mhór anuas le greim a bhreith air, chiorraigh sé chomh fíochmhar sin nó gur gearradh ina dhá chuid í. Thosaigh an crann ag croitheadh a chuid craobhacha go léir, mar a bheadh sé i bpian, agus shiúil an Coillteoir faoi go slán sábháilte.

"Siúlaigí libh!" a scairt sé leo. "Déanaigí deifir!" Rith siad uilig rompu agus chuaigh siad faoin gcrann gan leagan gan leonadh, ach amháin Tótó, nó rug craobh bheag greim air agus bhain sí uaill as le teann croite. Ach theasc an Coillteoir an chraobh go sciobtha agus scaoil sé an madra beag.

Ní dhearna crainn eile na coille rud ar bith le bac a chur orthu, mar sin de bhí siad ag déanamh nach raibh ach crainn na chéad sraithe in ann a gcraobhacha a lúbadh anuas, agus gur dócha gurb iad seo póilíní na coille iad agus an chumhacht iontach seo acu chun strainséirí a choinneáil amach.

Shiúil an ceathrar taistealaithe go réidh i measc na gcrann go dtí gur tháinig siad ar imeall thall na coille. Ansin chonaic siad balla ard rompu, agus an chosúlacht air go raibh sé déanta de phoirceallán bán, rud a chuir iontas orthu. Bhí sé chomh sleamhain le dromchla méise, agus níos airde ná a gceann.

"Céard a dhéanfaimid anois?" arsa Dorataí.

"Déanfaidh mé dréimire," arsa an Coillteoir Stáin, "nó is cinnte go gcaithfimid dul thairis."

# Caibidil XX.
# Tír an Phoircealláin Fhíneálta.

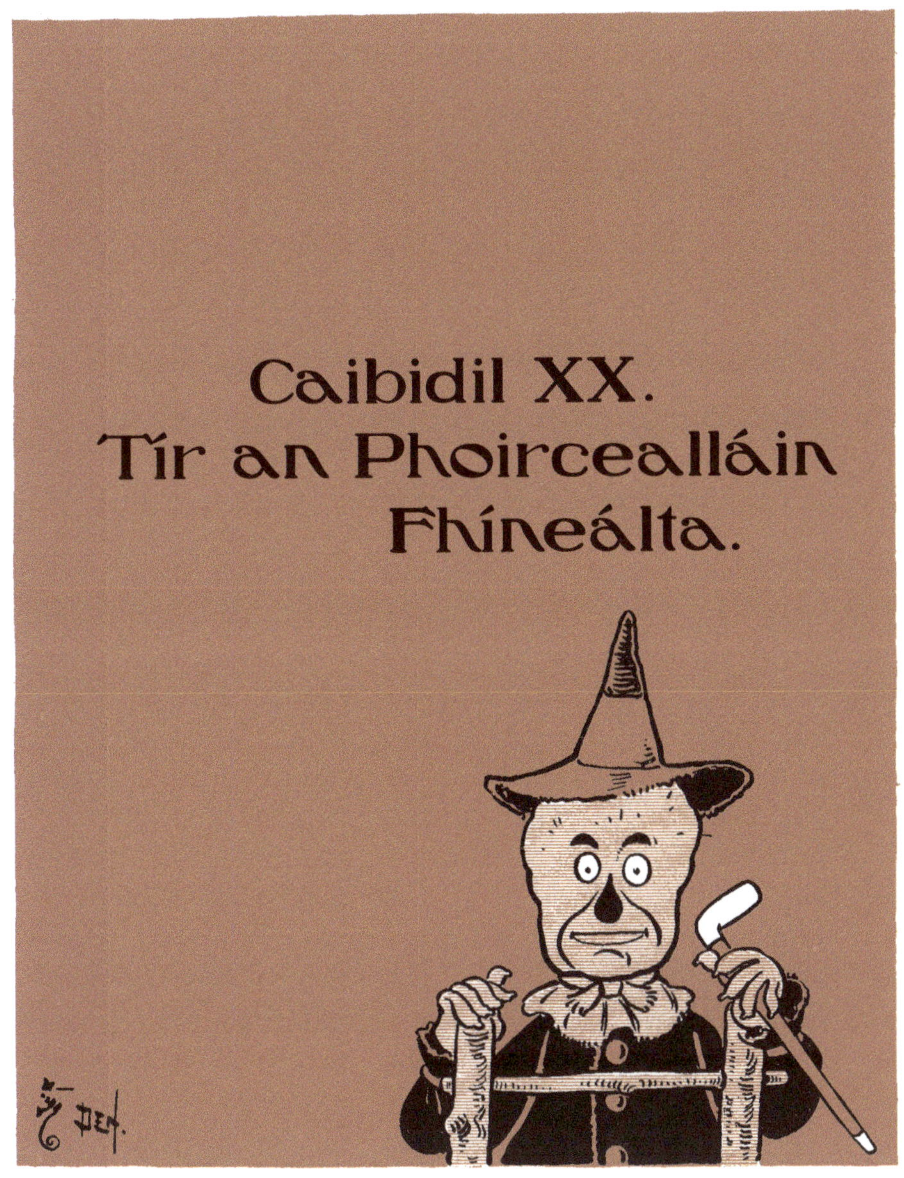

Ní raibh an Coillteoir i bhfad i mbun dréimire a dhéanamh as adhmad a fuair sé sa choill ná gur luigh Dorataí síos agus thit ina codladh, nó bhí sí tuirseach ón siúl fada. Chuir an Leon a cheann ina chamas freisin agus Tótó ina luí lena thaobh.

Bhreathnaigh an Babhdán ar an gCoillteoir ag obair, agus dúirt leis:

"Níl a fhios agam faoin spéir cén fáth a bhfuil an balla seo ann, nó cad as a bhfuil sé déanta."

"Tabhair scíth do d'inchinn agus ná cuireadh an balla lá buartha ort," arsa an Coillteoir. "Nuair a bheimid thairis, beidh fios an taoibh thall againn."

I ndiaidh tamaill bhí an dréimire réidh. Bhí cuma amscaí air, ach bhí an Coillteoir Stáin cinnte de go raibh sé láidir agus go ndéanfadh sé an gnó. Dhúisigh an Babhdán Dorataí agus an Leon agus Tótó agus dúirt leo go raibh an dréimire réidh. An Babhdán a chuaigh suas an dréimire ar dtús, ach bhí sé chomh spágach sin is go raibh ar Dhorataí leanúint sna sála aige ar eagla go dtitfeadh sé. Nuair a chuir sé a cheann thar bharr an bhalla dúirt an Babhdán:

"A thiarcais!"

"Ar aghaidh leat," arsa Dorataí.

Agus chuaigh an Babhdán níos airde agus shuigh ar bharr an bhalla, agus chuir Dorataí a ceann thairis agus dúirt:

"A thiarcais!" díreach mar a rinne an Babhdán.

Ansin tháinig Tótó aníos, agus chrom sé tur te ar amhastrach, ach chuir Dorataí ina thost é.

Chuaigh an Leon suas an dréimire ansin, agus an Coillteoir Stáin ar deireadh; ach dúirt an bheirt acu, "A thiarcais!" ar amharc thar an mballa dóibh. Nuair a bhí siad uilig ina suí ina rang ar bharr an bhalla, d'fhéach siad anuas agus b'aisteach an radharc a chonaic siad.

Os a gcomhair bhí léinseach mhór tíre a raibh a hurlár sleamhain snasta sneachtabhán mar a bheadh tóin méise móire. Scoite thall is abhus bhí a lán tithe, iad déanta go huile is go hiomlán de phoirceallán agus péinteáilte go glédhathach. Bhí na tithe seo beag go leor, agus an ceann ba mhó díobh ar comh-ard le coim

*Bhí na daoine seo uilig déanta as poirceallán.*

Dhorataí. Bhí scíobóil bheaga ghleoite ann freisin agus claíocha poircealláin thart orthu; agus bhí a lán bó agus caorach agus capall agus muc agus cearc, iad uilig déanta as poirceallán, ina scataí beaga thall is abhus.

Ach ba é an rud ab aistí ná na daoine a raibh cónaí orthu sa tír shuaithní seo. Bhí cailíní bleáin agus banaoirí ann, cabhail dhaite orthu agus breacadh órga ar fud a gculaith; agus banphrionsaí le gúnaí sciamhacha spéiriúla ar dhath an óir agus an airgid agus na corcra; agus aoirí gléasta i mbrístí glún agus stríoca bándearga agus buí agus gorma tríothu, agus búclaí óir ar a gcuid bróg; agus prionsaí a raibh coróin sheodmhar ar a gceann agus róba eirmín agus dúibléid shróil tharstu; agus áilteoirí greannmhara le héide rufach agus baill chruinne dhearga ar a bpluca agus hata ard gobach ar a gceann. Agus ba é an chuid ab iontaí den scéal ná go raibh na daoine seo uilig déanta as poirceallán, go fiú a gcuid éadaigh, agus bhí siad chomh beag sin is gurbh ar éigean a bhí airde ghlúin Dhorataí sa duine ab airde acu.

Níor thóg neach ar bith súil leis na taistealaithe ar dtús, ach amháin madra beag corcra poircealláin a raibh ceann rómhór air a tháinig go dtí an balla agus a amhastraigh orthu de ghlór beag bídeach, agus é ag imeacht leis de rith ina dhiaidh sin.

"Conas a rachaimid anuas?" arsa Dorataí.

Bhí an dréimire chomh trom leo nach raibh siad in ann é a tharraingt aníos, mar sin thit an Babhdán den bhalla agus léim an chuid eile díobh anuas air ionas nach ngortóidís a gcos ar an urlár crua. Bhí siad cúramach gan teacht anuas ar a chloigeann, ar ndóigh, ar eagla go bhfaighe siad bioráin ina gcosa. Nuair a bhí siad go léir thíos go slán sábháilte thóg siad an Babhdán, a raibh a chorp ina leircín acu, agus chuir siad cruth agus cuma air arís de bhuillí boga boise.

"Caithfimid dul trasna na háite aistí seo leis an taobh thall a bhaint amach," arsa Dorataí, "nó bheadh sé neamhchríonna dúinn dul in aird ar bith eile seachas díreach ó dheas."

Thosaigh siad ag siúl trí thír na ndaoine poircealláin, agus ba é an chéad rud ar tháinig siad air ná cailín bleáin poircealláin ag bleán bó poircealláin. Ag druidim léi dóibh, thug an bhó speach thobann agus chaith an stól agus an gogán agus an cailín féin chun talaimh, agus thit siad go léir ar an urlár poircealláin de chlagairt mhór.

Baineadh siar as Dorataí ar fheiceáil di go raibh an chos briste den bhó agus an gogán ina smionagar ar an urlár agus scealp as uillinn chlé an chailín bleánaí bhoicht.

"Amharc sin anois!" arsa an cailín bleáin go feargach. "An bhfeiceann sibh a bhfuil déanta agaibh! Tá cos mo bhó briste agus caithfidh mé a tabhairt chuig siopa an deisitheora lena gliúáil uirthi ar ais. Cad é atá ar siúl agaibh, ag teacht anseo agus ag scanrú mo bhó?"

"Tá an-bhrón orm," arsa Dorataí. "Gabh ár leith-scéal."

Ach níor lig an fearg di freagairt, mar chailín bleáin dathúil. Sciob sí suas an chos go pusach agus ghiollaigh a bó ar shiúl, an beithíoch bocht ag bacadaíl ar a trí chois. Agus í ag imeacht, chaith an cailín bleáin súil mhilleánach i ndiaidh a gualainne ar na hútamálaithe strainséirí, agus a huillinn scealptha cúbtha chuici.

Bhuair an timpiste seo Dorataí go leor.

"Caithfimid a bheith an-chúramach abhus anseo," arsa an Coillteoir cineálta, "nó d'fhéadfaimis na daoine beaga gleoite seo a ghortú ionas nach gcuirfidh siad díobh go deo é."

Níos faide ar aghaidh tháinig Dorataí ar Bhanphrionsa óg a bhí gléasta go hálainn, agus stad sí go tobann nuair a chonaic sí na strainséirí agus chuir chun reatha.

Ba mhian le Dorataí a thuilleadh a fheiceáil den Bhanphrionsa, mar sin de rith sí ina diaidh. Ach scairt an cailín poircealláin amach:

"Ná cuir an tóir orm! Ná cuir an tóir orm!"

Bhí an oiread sin eagla ina glór beag is gur stad Dorataí agus dúirt:

"Cén fáth nach gcuirfinn?"

"Óir," arsa an Banphrionsa, ag stopadh di fad sábháilte ar shiúl, "má rithim thiocfadh liom titim agus mé féin a bhriseadh."

"Ach nach bhféadfaí thú a dheisiú?" arsa an cailín.

"D'fhéadfaí, cinnte; ach ní bhíonn duine ar chor ar bith leath chomh galánta arís i ndiaidh a dheisithe, an dtuigeann tú?" arsa an Banphrionsa.

"Déarfainn sin," arsa Dorataí.

"Anois siúd Mac Uí Chleasaí, duine dár n-áilteoirí," arsa an bhean uasal phorcealláin léi, "a bhíonn i gcónaí ag tabhairt faoi sheasamh ar a cheann. Briseadh é chomh minic sin is go bhfuil sé deisithe i gcéad ball, agus níl cuma ghnaíúil air ar chor ar bith. Seo chugainn anois é go bhfeice tú féin."

Agus, leoga, tháinig áilteoir beag meidhreach ag siúl ina dtreo, agus chonaic Dorataí, in ainneoin a chuid éadaigh galánta dearga agus buí agus uaine, go raibh sé ina mhogall méirscreach le scoilteanna agus bhí a shliocht air gur deisíodh a lán uaire é.

Chuir an tÁilteoir a lámha ina phócaí agus, i ndiaidh dó a leicne a phlucadh agus a cheann a sméideadh orthu go soibealta, dúirt sé:

> "A spéirbhean stuama,
> A bheir súil ghruama
> Ar Mhac Uí Chleasaí bocht,
> Is tú tuirsiúil tirim tur,
> Cor id shrón á chur,
> Ná bíodh do chroí chomh docht!

"Fan socair, a dhuine chóir!" arsa an Banphrionsa. "Nach bhfeiceann tú gur strainséirí iad seo, agus gur chóir urraim a thabhairt dóibh?"

"Bhuel, más urraim í, iarraim í," arsa an tÁilteoir agus sheas ar a cheann.

"Ná bac le Mac Uí Chleasaí," arsa an Banphrionsa le Dorataí. "Tá sé craiceáilte sa chloigeann, agus déanann sin amadán de."

"Och, ní miste liom faoi in aon chor," arsa Dorataí. "Ach tá tusa chomh hálainn sin," ar sise, "is go bhfuil mé cinnte go dtiocfadh liom cion agus grá a thabhairt duit. Nach ligfidh tú dom thú a thabhairt ar ais go Kansas liom, agus a chur ar mhatal m'Aintín Eim? D'fhéadfainn thú a iompar i mo chiseán."

"Chuirfeadh sin an-mhíshásamh orm," arsa an Banphrionsa Phoircealláin. "An dtuigeann tú, abhus inár dtírne tá saol sona sásta againn, tá cead ár gcáinte is ár gcoise againn. Ach nuair a thugtar duine ar bith againn ar shiúl stalcann ár n-ailt tur te agus ní féidir linn ach fanacht inár seasamh go righin agus dreach gleoite orainn. Ar ndóigh níl súil lena mhalairt uainn inár seasamh ar mhatal nó ar chaibinéad nó ar bhord parlúis dúinn, ach is suáilcí i bhfad an saol abhus inár dtír féin."

"Níor mhaith liom míshásamh a chur ort ar ór na cruinne!" arsa Dorataí go beo. "Mar sin de fágfaidh mé slán agat."

"Slán libh," arsa an Banphrionsa.

Shiúil siad go cúramach tríd an tír phoircealláin. Sciurd na hainmhithe beaga agus na daoine go léir as a mbealach, eagla orthu go mbrisfeadh na strainséirí iad, agus i ndiaidh uair an chloig nó mar sin bhain na taistealaithe taobh thall na tíre amach agus tháinig ar bhalla eile poircealláin.

Ní raibh sé chomh hard leis an gcéad bhalla, agus ag seasamh ar mhuin an Leoin dóibh d'éirigh leo go léir iad féin a streachailt go barr an bhalla. Ansin chúb an Leon a chosa faoi agus léim sé ar an mballa; ach díreach agus é ag léim, leag sé eaglais phoircealláin lena eireaball agus rinne smidiríní di.

"Tá sin dona go leor," arsa Dorataí, "ach i ndáiríre sílim go raibh an t-ádh orainn nár mhó an dochar a rinneamar do na daoine beaga seo ná cos bó agus eaglais a bhriseadh. Tá siad uilig chomh briosc sin!"

"Leoga, tá sin," arsa an Babhdán, "agus táim buíoch gurb as cochán a bhfuil mé déanta agus nach bhfuil mé sobhriste. Is iomaí rud is measa ná a bheith i do Bhabhdán."

# Caibidil XXI.
# Déantar Rí na nAinmhithe den Leon.

**A**GUS IAD TAGTHA ANUAS den bhalla poirceálláin, chonaic siad go raibh siad i dtír mhíthaitneamhach, í seascannach riascach mongach. Ba deacair siúl gan titim i bpoll criathraigh, nó bhí an féar chomh dlúth sin gur fholaigh sé orthu iad. Ach ag déanamh a mbealaigh dóibh, chuir siad an bogán díobh agus bhain siad an cruán amach. Ach b'fhiáine an tír anseo ná riamh, agus i ndiaidh siúil fhada thuirsiúil tríd an scrobarnach buaileadh isteach i choill eile iad, agus na crainn níos mó agus níos sine ná crann ar bith dá bhfaca siad riamh.

"Nach aoibhinn an choill seo?" arsa an Leon, ag breathnú uaidh le háthas. "Ní fhaca mé áit chomh hálainn seo riamh le mo bheo."

"Tá cuma ghruama uirthi," arsa an Babhdán.

"Níl ná gruama," arsa an Leon. "Ba mhaith liom cónaí anseo fad a mhairfidh mé. Féach boige na nduilleoga tirime faoi do chosa agus saibhreas agus glaise an chaonaigh a chloíonn leis na seanchrainn seo. Nach aoibhinn an áit í le cur fút do bheithíoch allta ar bith!"

"B'fhéidir go bhfuil beithígh allta sa choill anois," arsa Dorataí.

"B'fhéidir é," arsa an Leon, "ach ní fheicim neach ar bith acu thart."

Shiúil siad tríd an gcoill go dtí go ndeachaigh sé ó sholas agus ní raibh radharc ar a mbealach. Luigh Dorataí agus Tótó agus an Leon síos ina gcodladh, agus d'fhair an Coillteoir agus an Babhdán iad mar ba ghnách.

Le breacadh an lae chuir siad chun siúil arís. Ní raibh siad i bhfad ar an mbóthar nuair a chuala siad tormáil mhaol, mar a bheadh a lán ainmhithe allta ag drantán. Lig Tótó geonaíl bheag ach ní raibh eagla ar dhuine ar bith eile acu agus shiúil siad leo ar an gcosán dearg go dtí gur tháinig siad ar réiteach sa choill ina raibh na céadta beithíoch de gach sórt cruinnithe. Bhí tíogair agus eilifintí agus béir agus mic tíre agus sionnaigh agus gach cineál eile ainmhí, agus tháinig eagla ar Dhorataí go ceann nóiméid. Ach mhínigh an Leon go raibh cruinniú á thionól ag na hainmhithe agus bhí sé ag dealramh ar an drantán go raibh siad i gcruachás.

Agus é ag caint, fuair roinnt ainmhithe amharc air, agus thost an cruinniú mór ar an toirt mar a bheadh draíocht air. Tháinig an tíogar ba mó chuig an Leon agus d'umhlaigh agus dúirt sé:

"Fáilte romhat, a Rí na nAinmhithe! Is in uain agus i dtráth a tháinig tú chun ár namhaid a throid agus síocháin a thabhairt d'ainmhithe na coille ar fad arís."

"Cén fhadhb atá agaibh?" arsa an Leon go ciúin.

"Tá namhaid fíochmhar ag bagairt orainn go léir," arsa an tíogar. "Is ar na mallaibh a tháinig sé sa choill seo agus is millteanach uafásach an t-arracht é, cruth damháin alla air agus a cholainn chomh mór le heilifint agus a chosa chomh fada le crann. Tá ocht gcinn de na cosa fada seo ag an torathar, agus ag crúbadach tríd an gcoill dó beireann sé ar ainmhí le cois agus tharraingíonn sé chuig a bhéal é, agus ansin itheann sé é mar a d'ithfeadh damhán alla cuileog. Níl ainmhí againn slán sábháilte fad is beo don chréatúr fiánta seo, agus bhí cruinniú tionólta againn le beartú ar an dóigh is fearr ár leas a dhéanamh nuair a tháinig tusa inár measc."

Smaoinigh an Leon go ceann bomaite.

"An bhfuil Leon ar bith eile sa choill seo?" ar seisean.

"Níl; bhí, ach tá siad uilig ite ag an arracht. Agus, cibé ar bith, ní raibh leon ar bith acu leath chomh mór ná leath chomh cróga leat féin."

"Má chuirim deireadh le bhur namhaid, an umhlóidh sibh go talamh romham agus an ngéillfidh sibh dom mar Rí na Coille?" arsa an Leon.

"Déanfaimid sin agus fáilte," arsa an tíogar; agus lig na beithígh eile búir ollmhór: "Déanfaimid sin!"

"Agus cá bhfuil an damhán alla mór sin agaibh anois?" arsa an Leon

"Ansiúd, i measc na ndaracha," arsa an tíogar, ag síneadh a chrúibe tosaigh.

"Tugaigí aire agus iongabháil do mo chairde seo," arsa an Leon, "agus rachaidh mé anois leis an arracht a throid."

D'fhág sé slán ag a chomrádaithe agus chun bealaigh leis go mórchúiseach le cath a chur ar an namhaid.

Bhí an damhán alla mór ina shrathairt chodlata nuair a tháinig an Leon air, agus bhí cuma chomh gránna air gur chuir a chéile comhraic cor ina shrón le déistin. Bhí a chosa fada mar a dúirt an tíogar, agus a cholainn mosach dubh. Bhí clab mór aige agus cár fiacla géara troigh ar fad ann; ach bhí a cheann ceangailte den cholainn chothaithe le scrogall chomh caol le coim foiche. Thug sin leid don Leon faoin dóigh ab fhearr le hionsaí a dhéanamh ar an mbeithíoch, agus ó bhí a fhios aige gurbh fhusa é a throid ina chodladh ná ina dhúiseacht, ling sé léim mhór agus tháinig sé anuas go díreach ar mhuin an arrachta. Ansin, le buille amháin dá chrág throm gona crúba géara, bhain sé ceann an damháin alla dá cholainn. Ar léim anuas dó, d'amharc sé air go dtí gur stad na cosa fada den lúbarnaíl, agus ansin bhí a fhios aige go raibh sé maol marbh.

D'fhill an Leon ar an réiteach mar a raibh ainmhithe na coille ag feitheamh leis agus dúirt go mórálach:

"Ní baol daoibh bhur namhaid a thuilleadh."

Ansin d'umhlaigh na hainmhithe iad féin go talamh roimh an Leon mar a Rí, agus gheall sé go bhfillfeadh sé lena rialú chomh túisce is a bhí Dorataí slán ar a bealach go Kansas.

Caibidil XXII.
Tír na
gCuadlaíneach.

Tháinig AN CEATHRAR TAISTEALAITHE TRÍD AN gcuid eile den choill go slán sábháilte, agus amuigh as a duibhe dóibh chonaic siad cnoc crochta rompu, é clochach creagach ó bhun go barr.

"Is doiligh an dreas dreapadóireachta atá romhainn," arsa an Babhdán, "ach caithfimid dul thar an gcnoc mar sin féin."

Agus chuaigh sé ar tosach agus lean an chuid eile. Ba bheag nach raibh an chéad chreig bainte amach acu nuair a chuala siad guth garbh ag scairteadh amach:

"Fanaigí siar!"

"Cé thú féin?" arsa an Babhdán. Ansin nocht cloigeann thar an gcreig agus dúirt an guth céanna:

"Is linne an cnoc seo agus ní cheadaímid do dhuine ar bith dul thairis."

"Ach caithfimid dul thairis," arsa an Babhdán. "Tá ár dtriall go tír na gCuadlaíneach."

"Ach ní rachaidh sibh thairis!" arsa an guth agus amach ó chúl na creige tháinig an fear ab aistí dá bhfaca na taistealaithe riamh.

Stumpa fir a bhí ann agus ceann mór air, bhí mullach a chinn leathan leacaithe agus bhí muineál ramhar faoi agus é rocach rúscach. Ach bhí sé gan géaga láimhe agus, ar fheiceáil sin don Bhabhdán ní raibh eagla air go mbeadh créatúr chomh héidreorach sin in ann bac a chur orthu an cnoc a dhreapadh. Agus dúirt sé:

"Is oth liom gan do thoil a dhéanamh, ach caithfimid dul thar do chnoc más olc maith leat é," agus ar aghaidh leis go misniúil.

Ansin scinn cloigeann an fhir amach ar luas lasrach agus shín a mhuineál chun tosaigh agus bhuail sé faoi bhásta an Bhabhdáin lena bhaithis chlárach agus chaith sé tóin thar cheann síos an cnoc é. Agus níor thúisce tháinig an ceann amach ná d'fhill sé isteach chuig a cholainn arís, agus rinne an fear gáire garbh agus dúirt:

"Níl sé chomh furasta agus atá a chosúlacht!"

Chualathas gáirí gleoiréiseacha ó na carraigeacha eile agus chonaic Dorataí na céadta Ceann Casúir gan lámha ar an learg, duine i gcúl gach carraige.

Nuair a gáireadh faoi thaisme an Bhabhdáin, tháinig fearg ar an Leon agus lig sé búir tholl thorannach agus suas an cnoc leis de rúid.

*Scinn cloigeann an fhir amach agus bhuail sé an Babhdán.*

Scinn cloigeann amach go tapa agus tóin thar cheann anuas an cnoc leis an Leon mór mar a bhuailfeadh caor ordanáis é.

Rith Dorataí síos agus thóg sí an Babhdán ar a bhoinn, agus tháinig an Leon chuici agus é ag brath brúite briste agus dúirt:

"Tá sé fuar againn daoine an chinn dhiúractha a throid; níl aon seasamh ina n-aghaidh."

"Céard a dhéanfaimid mar sin?" ar sise.

"Cuir scairt ar na Moncaithe Eiteacha," a mhol an Coillteoir Stáin. "Tá sé de gheasa orthu rud amháin eile a dhéanamh ort."

"Maith go leor," ar sise, agus chuir sí an Bairéad Órga uirthi agus dúirt sí an ortha. Tháinig na Moncaithe go grod, mar ba dual dóibh, agus i gceann cúpla bomaite bhí an díorma go léir roimpi.

"Cén t-ordú atá agat?" arsa Rí na Moncaithe, agus é ag umhlú go talamh.

"Iompraígí muid thar an gcnoc go tír na gCuadlaíneach," arsa an cailín.

"Déanfar é," arsa an Rí agus rug na Moncaithe Eiteacha idir a lámha ar an gceathrar taistealaithe agus ar shiúl leo ar eitilt. Nuair a chuaigh siad thar an gcnoc, lig na Cinn Casúir béic bearráin agus theilg siad a gceann go hard san aer, ach níor shroich siad na Moncaithe Eiteacha, a d'iompair Dorataí agus a comrádaithe slán thar an gcnoc agus chuir anuas iad i dtír álainn na gCuadlaíneach.

"Seo an uair dheireanach a dtig leat muid a ghairm chugat," arsa an ceannaire le Dorataí; "mar sin de slán agaibh agus go n-éirí an t-ádh libh."

"Slán libh, agus go raibh céad míle maith agaibh," arsa an cailín; agus d'éirigh na Moncaithe sa spéir agus bhí siad as radharc i bhfaiteadh na súl.

Bhí cuma shaibhir shona ar thír na gCuadlaíneach. Bhí gort i ndiaidh goirt d'arbhar ag breacadh, agus bóithre pábháilte eatarthu, agus sruthán ghleoite ghlugacha le droichid láidre orthu. Bhí dath glédhearg ar na claíocha agus ar na tithe agus ar na droichid go léir, de réir mar a bhí dath buí orthu i dtír na mBuincíoch agus dath gorm orthu i dtír na Muinscineach. Bhí na Cuadlaínigh féin beag ramhar agus cuma phuirtleogach lách orthu, agus éadach dearg ó bhonn go baithis orthu a bhí gréagach le hais ghlas an fhéir agus bhuíochan an arbhair.

Bhí siad fágtha ag na Moncaithe in aice le teach feirme agus shiúil an ceathrar taistealaithe suas chuige agus bhuail cnag ar an doras. D'oscail bean an tí, agus nuair a d'iarr Dorataí greim le hithe thug an bhean dinnéar breá dóibh uilig, le trí chineál cáca agus ceithre chineál brioscaí, agus babhla bainne do Thótó.

"Cén t-achar é go Caisleán Ghlionda?" arsa an páiste.

"Níl sé i bhfad uainn," arsa bean an tí. "Gabhaigí an bóthar ó dheas agus beidh sibh ann gan mhoill."

Ag gabháil buíochais leis an dea-bhean dóibh, thosaigh siad as an nua agus shiúil le taobh na ngort agus thar na droichid dheasa go dtí go bhfaca siad Caisleán fíorálainn rompu. Bhí triúr girseach roimh na geataí, culaith bhreá dhearg go n-órshnáithe orthu; agus nuair a tháinig Dorataí i ngiorracht dúirt duine acu léi:

"Cad is cúis le bhur dtriall go dtí an Tír Theas?"

"Go bhfeicfimis an Dea-Chailleach a rialaíonn abhus," ar sise. "An dtabharfaidh tú chuici mé?"

"Tabhair dom bhur n-ainm agus fiafróidh mé de Ghlionda an mbeidh sibh aici." D'inis siad cé hiad agus chuaigh an saighdiúir girsí isteach sa Chaisleán. I ndiaidh cúpla bomaite tháinig sí amach le rá go raibh Dorataí agus an chuid eile acu le dul isteach láithreach bonn.

Caibidil XXIII.
Faigheann Dorataí
a hachainí ag an
Dea-Chailleach.

**B**hí ORTHU DUL GO SEOMRA eile sa Chaisleán sular tugadh i láthair Ghlionda iad, áfach, agus ansin nigh Dorataí a haghaidh agus chíor sí a ceann, agus chroith an Leon an deannach as a moing, agus chuir an Babhdán cruth air féin de thoradh bosóg, agus chuir an Coillteoir snas ar a stáin agus d'olaigh sé a chuid alt.

Nuair a bhí siad slachtmhar sciobalta, lean siad an saighdiúir girsí isteach i seomra mór mar a raibh Glionda Cailleach ina suí ar ríchathaoir rúibíní.

Bhí sí idir álainn agus óg leo. Bhí a caschiabha craobhacha anuas thar a guaillí agus dath deargrua domhain orthu. Bhí a gúna gléigeal ach bhí a súile gorm, agus d'amharc siad go séimh ar an gcailín beag.

"Céard a dhéanfas mé duit, a leanbh?" ar sise.

D'inis Dorataí a scéal don Chailleach: faoin gcuaranfa a thug go Tír Oz í, faoina teacht ar a compánaigh, agus faoi na heachtraí iontacha a tharla dóibh.

"Is é an rud ab ansa liom anois," ar sise, "ná dul ar ais go Kansas, nó is cinnte go mbeidh m'Aintín Eim ag smaoineamh gur tharla rud tubaisteach dom, agus caithfidh sí éide bróin dá thairbhe sin; agus mura fearr an barr i mbliana ná anuraidh, tá mé cinnte nach mbeidh sé ar acmhainn m'Uncail Anraí."

Chlaon Glionda chun tosaigh agus phóg sí aghaidh shéimh shoineanta an chailín bhig cheanúil.

"Beannacht ar do chroí dil," ar sise, "táim cinnte go mbeidh mé in ann an bealach ar ais go Kansas a insint duit. Ach má insím, caithfidh tú an Bairéad Órga a thabhairt dom."

"Tabharfaidh agus fáilte!" arsa Dorataí. "Leoga tá sé ó mhaith agamsa anois, agus nuair a bheas sé agat féadfaidh tú ordú do na Moncaithe Eiteacha faoi thrí."

"Agus go díreach na trí huaire sin a bheidh a gcúnamh uaim," arsa Glionda agus aoibh uirthi.

Agus thug Dorataí an Bairéad Órga di agus dúirt an Chailleach leis an mBabhdán:

"Céard a dhéanfas tusa agus Dorataí imithe?"

"Fillfidh mé ar Chathair na Smaragaidí," ar seisean, "nó chuir Oz mé mar rialtóir uirthi agus tá bá ag na

"*Caithfidh tú an Bairéad Órga
a thabhairt dom.*"

daoine liom. Is é an t-aon rud atá ag cur as dom ná conas a rachaidh mé thar chnoc na gCeann Casúir."

"Leis an mBairéad Órga ordóidh mé do na Moncaithe Eiteacha d'iompar go geataí Chathair na Smaragaidí," arsa Glionda, "nó is mairg a choinneoinn rialtóir chomh hiontach ón bpobal."

"An iontach mé i ndáiríre?" arsa an Babhdán.

"Is annamh thú," arsa Glionda.

Ag cur cainte ar an gCoillteoir Stáin, d'fhiafraigh sí de:

"Céard a imeoidh ortsa agus Dorataí imithe ón tír seo?"

Bhain sé taca as a thua agus rinne a mhachnamh go ceann bomaite. Ansin dúirt sé:

"Bhí na Buincígh an-chineálta liom, agus d'iarr siad orm rialú orthu i ndiaidh bhás na Droch-Chaillí. Tá cion agam ar na Buincígh, agus dá bhféadfainn dul ar ais go dtí an Tír Thiar, ní iarrfainn a mhalairt ach iad a rialú go brách."

"Sin a bheidh mar dhara hordú agam do na Moncaithe Eiteacha," arsa Glionda, "mar atá, thú a iompar slán sábháilte go tír na mBuincíoch. Mura bhfuil d'inchinn chomh géar féin agus inchinn an Bhabhdáin, is tú is lonraí, agus táim cinnte go rialóidh tú na Buincígh go críonna céillí."

Ansin d'amharc an Chailleach ar an Leon mór mosach agus d'fhiafraigh sí de:

"Nuair a bheas Dorataí ar ais ina baile féin, céard a tharlóidh duitse?"

"Thar chnoc na gCeann Casúir ó thuaidh," ar seisean, "tá seanchoill mhór agus ghair na hainmhithe go léir atá ina gcónaí inti i mo Rí mé. Dá bhféadfainn dul ar ais chuig an gcoill seo, chaithfinn mo shaol go sona sásta ansin."

"Sin a bheidh mar thríú hordú agam do na Moncaithe Eiteacha," arsa Glionda, "mar atá, thú a iompar chuig do choill. Ansin, agus cumhachtaí an Bhairéid Órga ídithe agam, tabharfaidh mé ar ais do Rí na Moncaithe é, ionas go mbeidh seisean agus a dhream saor uaidh sin amach."

Ghabh an Babhdán agus an Coillteoir Stáin agus an Leon buíochas ó chroí leis an Dea-Chailleach as a cineáltas; agus dúirt Dorataí:

"Más álainn féin thú is cineálta fós! Ach ní dúirt tú liom go fóill an dóigh a rachaidh mé ar ais go Kansas."

"Iompróidh do Bhróga Airgid thar an bhfásach thú," arsa Glionda. "Dá mbeadh fios a gcumhachta agat d'fhéadfá dul ar ais chuig d'Aintín Eim an chéad lá riamh ar tháinig tú chuig an tír seo."

"Ach ansin ní bheadh m'inchinn iontach agam!" arsa an Babhdán. "Is dócha go gcaithfinn mo shaol ar fad i ngort an fheirmeora."

"Agus ní bheadh mo chroí galánta agamsa," arsa an Coillteoir Stáin. "Is dócha go mbeinn i mo sheasamh sa choill i gcaitheamh an domhain."

"Agus bheinnse i mo chladhaire go deo," arsa an Leon, "agus ní bheadh a dhath maith le rá ag aon ainmhí sa choill ar fad liom."

"Is fíor sin," arsa Dorataí, "agus tá áthas orm gur fhéad mé cuidiú leis na cairde seo agam. Ach anois agus a achainí faighte ag gach duine acu, agus gach duine acu sásta i gceannas ríochta freisin, dar liom gur mhaith liom dul ar ais go Kansas."

"Tá cumhachtaí iontacha ag na Bróga Airgid," arsa an Dea-Chailleach. "Agus is é an rud is iontaí díobh ná go bhfuil siad in ann thú a iompar chuig áit ar bith ar domhan i dtrí chéim, agus déanfar gach céim i bhfaiteadh na súl. Níl agat ach na sála a bhualadh in aghaidh a chéile faoi thrí agus ordú do na bróga thú a iompar chuig do rogha áit."

"Más amhlaidh atá sé," arsa an páiste go lúcháireach, "iarrfaidh mé orthu mé a thabhairt ar ais go Kansas ar an toirt."

Chaith sí a lámha thart ar mhuineál an Leoin agus thug póg dó agus rinne mán mán leis ar a cheann mór. Ansin thug sí póg don Choillteoir Stáin, a bhí ag sileadh na súl ar dhóigh thar a bheith contúirteach dá chuid alt. Ach thug sí barróg do cholainn bhog stuáilte an Bhabhdáin seachas a aghaidh phéinteáilte a phógadh, agus thug sí faoi deara go raibh cumha an scartha seo óna comrádaithe ag baint na ndeor aisti féin.

Tháinig Glionda Mhaith anuas óna ríchathaoir rúibíneach le póg a thabhairt don ghirseach, agus ghabh Dorataí buíochas léi as a cineáltas lena cuid cairde agus léi féin.

Ansin thóg Dorataí Tótó ina lámha go sollúnta, agus i ndiaidh di slán a fhágáil acu den uair dheireanach bhuail sí a bróga le chéile faoi thrí agus dúirt:

"Tabhair abhaile chuig m'Aintín Eim mé!"

*     *     *     *     *

Láithreach bhí sí ag fiodrince tríd an aer, chomh tapa sin is nár léir di tada ach sian na gaoithe thar a cluasa.

Níor thug na Bróga Airgid ach trí chéim, agus ansin stop sí chomh tobann sin is go ndeachaigh sí thar a corp roinnt uaireanta sula raibh a fhios aici cá raibh sí.

Ach ar deireadh, d'éirigh sí aniar ina suí agus d'fhéach ina timpeall.

"Dar fia!" ar sise.

Agus bhí sí ina suí ar fhéarthailte fairsinge Khansas, agus roimpi amach bhí an teach nua a thóg a hUncail Anraí i ndiaidh don chuaranfa an seanteach a scuabadh leis. Bhí a hUncail Anraí ag bleán na mbó sa bhuailtín agus léim Tótó anuas as a lámha agus rith sé i dtreo an sciobóil ag tafann ar theann a dhíchill.

D'éirigh Dorataí ina seasamh agus chonaic go raibh sí ina stocaí, nó thit na Bróga Airgid dá cosa agus í ag eitilt tríd an spéir agus caitheadh san fhásach iad go deo.

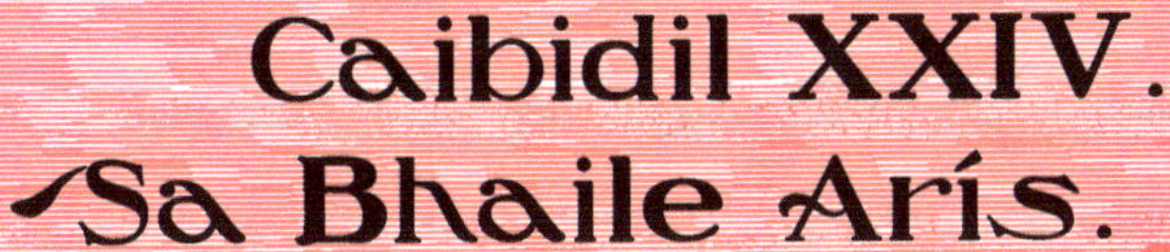

# Caibidil XXIV.
## Sa Bhaile Arís.

**Agus** í AMACH AS AN TEACH LE huisce a chur ar na cabáistí, d'ardaigh Aintín Eim a súile agus chonaic sí Dorataí ag rith chuici.

"A leanbh beag!" ar sise agus rug sí barróg uirthi agus chlúdaigh sí a haghaidh le póga. "Cá háit faoin spéir ar tháinig tú uaithi?"

"Ó Thír Oz," arsa Dorataí go tromchúiseach. "Agus seo Tótó, freisin. Agus, ó, a Aintín Eim! Tá áthas an domhain orm go bhfuil mé sa bhaile arís!"

LEIS seo tá deireadh le scéal *Asarlaí Iontach Oz*, a scríobh L. Frank Baum agus a mhaisigh William Wallace Denslow. D'aistrigh Colin Parmar an leabhar go Gaeilge. Scanadh na léaráidí ó chóipeanna de chéad eagrán an leabhair a chuir C. J. Hinke ar fáil, agus chuir Michael Everson in oiriúint don Ghaeilge iad. Chlóbhuail LightningSource an leabhar don fhoilsitheoir Evertype, a chuir amach sa bhliain 2018 é.